किस की सुने ?

-Aryansh Arora

BookSquirrel Publication

BookSquirrel Publication
Mahadev Totala Nager, Indore (M.P), 452001
Regd Under MSME
Website: *www.booksquirrelpublication.com*

"किस की सुने?"

By: Aryansh Arora

ISBN: 978-93-89923-48-3

1st Edition

Book Formatting: FanatiXx

Cover Design: Ronak Chavda

अस्वीकरण

इस पुस्तक में लिखी गई कविताएँ पूरी तरह से लेखक द्वारा लिखी गई है। यदि बाद में कोई साहित्यिक चोरी पाई जाती है, तो प्रकाशन उसी के लिए जिम्मेदार नहीं होगा ।

Acknowledgement

At first, I would like to thank my family, my dad, my mom, my sister and my elder parents and my elder brother and sister and to all my relatives who kept me motivated.

Then I would like to thank my friends OM, SHIVEN, THE WHOLE "STAR SQUAD", AYUSH, YASHVARDHAN and my brother SUDHANSHU MAHESHWARI who believed in me and they were sure that I can do anything.

I would also like to thank my cousins- Cherry di, Ishan bhaiya, Poorvi, Simran di, Sanyam bhaiya, Shlok Bhaiya and Parth for their love and support towards my passion.

Then I would like to thank my school, my Basil's family who appreciated me every single time.

I would also like to thank ISHANI AGRAWAL, who was the best advisor of mine throughout this book. She was the one who supported me and showed her confidence on me that you can do it.

I would also like to thank the whole team of BOOK SQUIRREL PUBLICATION, it's founder ASHUTOSH DAS who provided me this opportunity.

Last but not the least I would like to thank the god almighty who showered his blessings upon me and who gave me the power and patience to write a book.

About the Author

A boy of small town, having big goals in mind. With full competitive spirit, Aryansh loves to write on any topic. It's quite strange that being a son of a grain merchant and a principal, he loves to write. His favourite place is none other than the school, St Basils School, Basti. His aim is to do something great and different from everyone else. His only earning in his life is 21400 followers on Instagram page @alfaaz.di.ke__ which he earned in less than 11 months.

This is the introduction I have given in my every book which featured me as co-author.

Now let's start who I am!

I am Aryansh Arora "Aryan" as well. I started writing when I was in class 8th and believe me when I wrote that first poem of 8 lines, I just wrote it because "it's cool". This was the only thing like I just tried. Later on, I continued it and after 1 year of writing, I made a page on Facebook "ALFAAZ DIL KE". Even today that page has 180 followers. Unfortunately, my this "so cool" hobby, I thought, came to an end when I got those beautiful comments like "Its 10th you idiot, go and study". After boards I tried a lot to make a comeback but it was not that easy, but I have a sister who motivated me like "Brother don't call yourself a writer if you can't write daily". Then on daily basis I started writing and the thing which keep me motivated was my sister's smile after she reads my write ups.

But how my passion became my profession?

Everyone needs a reason to do the "out of the box "work. I got the same from the people around me. I live in Basti Uttar Pradesh which is not so called developed city. I started getting taunts which irritated me and demotivated me at the most.

These were harsh but it motivated me like anything and here it started, my journey or in Short, I can say ALFAAZ DIL KE. I started that page on 5th April 2019 and my only followers were my sister Titiksha my brothers Om Gupta and Shiven Gupta, and some other of my types who supported me.

In less than 1 month I got 1000 followers and today I am with a Fan base of 21000 followers and counting.

Today that page is one of my most valuable asset as I have started earning from it.

In month of May I started attending open mics but just for one open mic I used to travel 200 kilometres from Basti To Lucknow. Till now I have been Lucknow 4 times and I won open mic competition 2 time.

In October one guy from Mumbai BAHRUDDIN SHAYAR messaged me on WhatsApp a Link and information about his upcoming anthology ODESSY OF LIFE AND LOVE. And from there I started my journey, the second phase, book writing.

My thinking is like don't follow your dreams. For example, suppose I follow a superstar on Instagram I like his every post his every dress up and I love everything about the one but it doesn't mean that I will meet that superstar someday. For me I will say "MY LIFE IS A FOREST AND MY DREAMS ARE ANIMALS AND I AM ON A HUNT.IF I WILL NOT HUNT THEM THEY WILL DESTROY MY WHOLE FOREST". If you will just follow your dreams you will always feel like you are one step behind your dreams and your Chase will go lifetime.

Today I am a co-worker author of more than 15 books, some of the books are SURVIVOR THE SOUL, REMINISCING THE YEAR 2019, BLACK, WONDERS OF SKY etc. I have got more than 50 certificates of appreciation in this Field but even today I get comments, but now I don't care. Now I am not affected by anything in this world because my dad is with me. My journey is nothing without my Dad's blind trust on me and his priceless support.

In the end I will just say that it's just a start, and my dream is not to be the best. My dream is to be one of a kind. Not the second YAHYA BOOTHWALA, not the second CHETAN BHAGAT, but the first and only ARYANSH ARORA.

THANK YOU

About the book

इस दुनिया मे हर चीज़ हर हरकत को लेकर हमारे दिमाग मे दो ख्याल आते है,एक उसका फायदा एक उसका नुकसान एक उसकी ज़रूरत एक उसकी चमक। उदहारण के तौर पे फ़र्ज़ करिए एक विषय है दुनिया तो हमारा दिमाग कहता है कि यार दुनिया के हिसाब से चलो ,ये दुनिया बड़ी ज़ालिम है ,ये सब देखती है ,लोग क्या कहेंगे आदि'। और यही पे हमारा दिल क्या कहता है," दुनिया का क्या है वो देखती रहेगी ,कुछ तो लोग कहेंगे उनका काम है कहना।

हम कभी-कभी ये फैसला नही कर पाते है कि आखिर दिल और दिमाग मे से सुने किसकी ,कौन सही है किसकी ज़रूरत है और कहा फ़ायदा होगा। इसलिए इस किताब का नाम है किसकी सुने।

तो इस किताब में ऐसे 150 विषय है जिसके ऊपर मैंने 8 पंक्ति दिमाग के तौर से लिखी है और 8 पंक्ति दिल की ओर से।

ये किताब बाकी किताबों से अलग क्यों है?

हर कवि जब कविता लिखता है तो वो बस अपने ख्याल पन्नो पे उतारता है, और हम जब उसे पढ़ते है तो हमे सुकून मिलता है

पर उसके बाद ना वो कविता हमे याफ रहती है ना वो कवि और ना ही वो किताब।

इस किताब में 150 विषय है और यहां कही पे आपको सीख मिलेगी ,कुछ जानने को मिलेगा, कुछ कविताएं पढ़ कर आपको सुकून मिलेगा । ये किताब की हर कविता लिखते समय मैंने शब्दों का इस्तेमाल कुछ इस तरह किया है कि कोई भी शख्स फिर वो कवि हो या आम आदमी आराम से पढ़ के इसका लुफ्त उठा पायेगा। हर कविता एक दूसरे से अलग है तो आपको चंद पन्नो में ज़्यादा विषयो पे पढ़ने का मौका मिल सकता है।

मैं आशा करता हूँ की ये किताब आपको अच्छी लगेगी और शायद ये आज के लोगो का जो आज भी पुराने ज़माने में जी रहे है उनकी सोच और उनका नज़रिया बदल सके।

सूची

1.शुरुवात

दिमाग कहता है–

“आगाज़ अच्छा हो तो अंजाम अच्छा होता है,

जो कभी भी कही भी कुछ भी शुरू कर दे वो तो बच्चा होता है।

शुरू करने से पहले सोचा करो,

काम में फायदे और नुकसान खोजा करो।

अगर ऐसा नहीं करोगे तो हार जाओगे,

और हमेशा डरे रहोगे जब अपनी छोटी सी दुनिया के बाहर जाओगे।

इसलिए सफल वही होता है जिसमे कुछ बात होती है,

और उसका सब कुछ अच्छा होता है जिसकी अच्छी शुरुवात होती है ”

।

किस की सुने ?

दिल कहता है–

" पैदा होने से पहले सोचा था क्या,

फायदा और नुकसान खोजा था क्या ?

जब दो बार हारोगे तभी सीखोगे,

और तभी तीसरी बार सीना चौड़ा करके जीतोगे।

ख़ैरात में मिले या मेहनत से तुम्हारी क्या रज़ा है,

अगर जीत आसानी से मिले तो क्या मज़ा है।

इसलिए जब दिल करे तब शुरू हो जाओ,

जीतना हारना लगा रहेगा,

कम से कम इस सफर से रूबरू हो जाओ " ।

अब बताओ किसकी सुने।

2.प्यार

दिमाग कहता है–

" प्यार से बच के रहो ये बड़ा खतरा है,

मीठा बड़ा है पर ज़हर का कतरा है।

अगर ऐसे ही कर लोगे तो इसमें फसते चले जाओगे,

अपनी बर्बादी के रास्ते पे हस्ते चले जाओगे।

अपनी मौत के पेड़ का बीज बो दोगे,

जो अबतक कमाया है सब खो दोगे।

इसलिए एक झटके में नहीं आराम से सोच विचार करना,

बहकावे में नहीं ,सोच समझ के प्यार करना " ।

किस की सुने ?

दिल कहता है–

" जो पल भर में ना हो वो प्यार कैसा,

और जहाँ दिल का काम है वहा सोच विचार कैसा।

ज़िन्दगी झूम उठेगी जब प्यार होगा,

पलके झुक जाएंगी जब उसका दीदार होगा।

प्यार हमे इस कठोर दुनिया को एक अलग तरीके से दिखा जाता है,

और बातों–बातों में हमे बहुत कुछ सिखा जाता है।

इसलिए जो एक झटके में हो वो प्यार होता है,

और जो सोच के हो वो भावनाओं का व्यापार होता है " ।

अब बताओ किसकी सुने ।

3. खाना

दिमाग कहता है–

" बस उतना खाओ की थाली में कुछ बचे ना,

और कुछ ऐसा ना खा लेना जो बाद में पचे ना।

तला और भुना हुआ मत खाना,

अपने आप को बेवकूफ मत बनाना।

शरीर की क्षमता भी एक वक्त के बाद साथ देती नहीं,

इसलिए खाने से पहले जान लो, पेट है पेटी नहीं।

इसलिए खाना वही खाओ जो सेहत के लिए अच्छा हो,

और पेट को पेट रहने दो ऐसा ना लगे अंदर सात महीने का बच्चा हो " ।

किस की सुने ?

दिल कहता है–

" जो मिले खा लो, सोचा मत करो,

क्या उबला क्या तला हुआ खोजा मत करो।

पेट तो भर जाता है तुम जी भर के खाओ,

ज़िन्दगी एक है तो उसका लुफ्त उठाओ।

क्योंकि तुम परेशान होते हो जब खाने के बाद तुम्हें गुड़ का मीठा दाना नहीं मिलता,

उनका सोचो जिनको दिन में एक बार भी खाना नहीं मिलता।

इसलिए खाते समय देखो की कुछ थाली से बाहर ना जाए,

और खाने का सम्मान करो, कुछ भी बेकार ना जाए " ।

अब बताओ किसकी सुने ।

4. कपड़े

दिमाग कहता है–

" सबका पहनावा देख लो,खरीदने उसके बाद चलो,

कपड़े खरीदते वक़्त ध्यान रहे तुम ज़माने के साथ चलो।

पहले कपड़े आते थे त्योहार और जज़्बात के हिसाब से,

आज कपड़े आते है औकात के हिसाब से।

ये भोज की तरह लगते है जब ये छोटे हो जाते है,

और ये हमे बेइज़्ज़त करते है जब हम मोटे हो जाते है।

इसलिए जिसके अच्छे कपड़े उसका ही सम्मान होता है,

भरी महफ़िल में बस उसका ही गुणगान होता है " ।

किस की सुने ?

दिल कहता है–

" हम वो पहन के भी खुश है, जो हमारे माँ–बाप के रखे होते है,

हमारे लिए जो बदन को ढक ले वही कपड़े होते है।

कपड़े हमे अलग करदे इसमें ऐसा कौन सा जादू–मंतर है,

तू इंसान, मैं इंसान बता क्या अंतर है।

अगर तुम किसी का दिल जीत रहे हो अपने पहनावे से,

यानी तुम बस उसको और खुद को धोखा दे रहे हो दिखावे से।

पता नहीं क्यों सबको कपड़ो का पंगा है,

तुम्हें तुम्हारी औकात दिखा दे वो जंगल का राजा जो सालो से नंगा है "

।

अब बताओ किसकी सुने।

5. मुस्कुराना

दिमाग कहता है–

" बेवजह जो मुस्कुराता है,

ये वो बन्दा है जो अपना दर्द छुपाता है।

मुस्कुराहट के पीछे राज़ काफी होंगे,

अबतक जो अधूरा हो वो इश्क़ के एहसास काफी होंगे।

सपने बड़े है इसलिए लोगों को अब तू बच्चा नहीं लगता,

जब मुस्कुराते हो कई लोगों को अच्छा नहीं लगता।

बिना ज़रूरत के आ जाते हो एकादशी के चावल हो क्या,

बेवजह मुस्कुराते हो मुझे बताओ पागल हो क्या " ।

किस की सुने ?

दिल कहता है–

" मुस्कुरा दो, भावनाओं को छुपाया मत करो,

सभी को अपनी खुशियों की वजह बताया मत करो।

ज़िन्दगी का अर्थ आपका हर पल बताएगा,

जो बेवजह मुस्कुराएगा उसका दुश्मन वो देख के जल जाएगा।

ले लो अंदर उसे, जो खुशियाँ दरवाज़े पे खड़ी है,

किसको पता है ज़िन्दगी कितनी बड़ी है।

इसलिए जीयो ज़िन्दगी जी भर के जबतक जीवन साथ है,

और खुल के मुस्कुरओं जबतक मुह में दांत है " ।

अब बताओ किसकी सुने ।

6. छात्र की ज़िंदगी

दिमाग कहता है –

“ आसानी से मिल जाए छात्र की ज़िंदगी बादाम नहीं होती,

अठारह साल एक वर्दी में ज़िन्दगी आम नहीं होती।

छात्र काबिल बनता है बड़े ही संगर्ष से,

वरना लोग उतार देते है अपनी आँखों के अर्श से।

उसकी ज़िन्दगी में आराम तो हराम होता है,

पढ़ना और लिखना सिर्फ यही एक काम होता है।

ज़िन्दगी के कई अहम हिस्सों से ये ज़िन्दगी गुज़र जाती है,

किताब से शुरू होती है और किताब पे ही खत्म हो जाती है ” ।

किस की सुने ?

दिल कहता है –

" सिर्फ किताब का ज्ञान प्राप्त करना ज़रूरी है क्या,

और विद्यालय जाना जरूरी है क्या।

ज़रूरी नहीं है कि जो ज्ञानी होगा वो सबकी तारीफ का पात्र होगा,

और ये भी ज़रूरी नहीं कि जो विद्यालय में पढ़ेगा वही छात्र होगा।

और जो कहते है कि पढ़ना ज़रूरी है,

हर दूसरे घर में ये किसी बच्चे की मजबूरी है।

इसलिए ज्ञान का कोई हिसाब नहीं होता,

और छात्र के ज्ञान प्राप्त करने का एकमात्र सहारा किताब नहीं होता " ।

अब बताओ किसकी सुने।

7. आम ज़िन्दगी

दिमाग कहता है –

“ छोटी गाड़ी कम तनख़्वाह और छोटा सा मकान होगा,

थोड़ी सी खुशियाँ होंगी थोड़ा सा सम्मान होगा।

आम इंसान की ज़िंदगी में बस सांस लेने का सुख होगा,

समाज के दबाव में भी वो खुश होगा।

इस दुनिया से बाहर कैसे आए हर पल ये सोचोगे,

इसलिए किसी आम इंसान से जब पूछोगे तो वो यही बताएंगे,

मिट्टी से आये है मिट्टी में मिल जाएंगे ” ।

किस की सुने ?

दिल कहता है–

" अगर मान लोगे की ज़िंदगी आम है तो हार जाओगे,

और क्या करोगे जब अपनी बनाई आम ज़िन्दगी से बाहर जाओगे।

समाज के दबाव से लड़ना सीख जाओ,

या तो घुट–घुट के मरना सीख जाओ।

क्योंकि तुम्हारी खुशियाँ तुम्हारे हाथ में है,

अच्छी वाली ज़िन्दगी इस लड़ाई के बाद में है।

अगर चाहोगे नहीं तो हर कोशिश नाकाम होगी ,

ज़िन्दगी तुम्हारी है या अनोखी या आम होगी" ।

अब बताओ किसकी सुने ।

8. शादी

दिमाग कहता है–

" उसकी ज़िंदगी सुखद जिसको हर काम की आज़ादी होती है,

और उसकी इच्छाओं पे ताला लग जाता है जिसकी शादी होती है।

नोक– झोंक और झगड़ा रोज़ होता है,

तुम्हारे सिर पे उसकी मांगों का भोज होता है।

सबको लगता है कि हर जगह उसने तुम्हारा साथ दिया है ,

पर असल मे सबने तुम्हारी ज़िन्दगी से उसको बांध दिया है।

जीवन अमूल्य है; समय की बर्बादी मत करो,

मेरी मानो कुँवारे रहो, शादी मत करो " ।

किस की सुने ?

दिल कहता है–

" अरे तुम क्या जानोगे की शादी का मतलब क्या होता है ,

किसी के साथ एक पवित्र बंधन में जुड़ जाने का मतलब क्या होता है।

जब होती है नोक–झोंक एक दूसरे को मना लेते है ,

एक दूसरे को एक दूसरे का आदि बना लेते है।

सोचो वो हमेशा तुम्हारी फिक्र करता है ,

और तुम्हारी हर बात में उसका ज़िक्र रहता है।

अच्छा लगता है जब हमेशा तुम्हारा साथी तुम्हारे साथ रहता है,

और इसी लिए लोग कहते है एक सफल इंसान के पीछे उसके साथी का हाथ रहता है " ।

अब बताओ किसकी सुने।

9. तस्वीर

दिमाग कहता है –

" किसी इंसान का आने वाला कल उसकी हाथों की लकीरों में है,

और उसपे क्या बीती वो उसकी पुरानी तस्वीर में है।

जब हम अपनी खुशियों को संभाल लेते है ,

तब उन्हें याद रखने के लिए उसकी तस्वीरे निकाल लेते है।

तस्वीरे देख कर हमें याद आता वो पल है,

वो जो हमारा गुज़रा हुआ कल है।

इसलिए जब ज़िन्दगी में खुशियाँ तमाम आती है,

तब उसकी तस्वीर ले लो वो बाद में काम आती है " ।

किस की सुने ?

दिल कहता है-

जो तुम्हें अच्छी नहीं लगती उस तकदीर का क्या करोगे,

जिस बीते कल को याद करके रोना आए उस तस्वीर का क्या करोगे।

तस्वीरे हमे तड़पाती है,

हमें हमारे बीते कल की याद दिलाती है।

आज दुखी होते है वो सोच कर कि कितना हसीन वो पल था,

और तस्वीर एहसास करवाती है कि वो बस एक कल था।

हर याद को बांध के रखता हूँ मैं जंजीरों से,

और जी जल जाता है मेरा उन तस्वीरों से " ।

अब बताओ किसकी सुने ।

10. दिखावा

दिमाग कहता है–

“आज के ज़माने में दिखावा ज़रूरी सा लगता है,

बेवजह भी पैसे खर्चना मजबूरी सा लगता है।

समाज के आँखों में आना है तो दिखावा करो,

महंगी गाड़ी में चलो और अपना महंगा पहनावा करो।

जब मलमल के फर्श से उतर के मिट्टी में आते हो,

पता नहीं क्यों कई लोगों की नज़रो से गिर जाते हो।

इसलिए बेवजह अपना वक़्त ज़ाया मत करो,

और साधारण रहो, बेवजह अपनी दौलत दिखाया मत करो ” ।

किस की सुने ?

दिल कहता है–

" महंगी गाड़ी महंगा घर और महंगा पहनावा होता है,

ये सब बस या तो दुनिया को जलाने के लिए या खुद को मनाने का दिखावा होता है।

जिसका मान–सम्मान चंद पैसों में बिक जाता है,

उसका दिखावा पल भर में दिख जाता है।

जो दिखावा करते है उनको कुछ हासिल नहीं होता ,

और अगर अपनी कामयाबी का जो ढोल पीटे वो काबिल नहीं होता।

इसलिए दिखावा तब करो जब समाज मे महंगाई हो,

और मज़ा तब आए दिखावे का जब बाप का पैसा नहीं खुद की कमाई हो"।

अब बताओ किसकी सुने।

किस की सुने ?

11. भरोसा

दिमाग कहता है–

" जब गलती तुम्हारी नहीं तो खुद को कोसा मत करो,

बस ये ध्यान रखो किसी और पर भरोसा मत करो।

भरोसा बड़ा नाज़ुक होता है, लोग तोड़ देते है,

ज़रूरत के समय साथ छोड़ देते है।

जब किसी से प्यार हो तो थोड़ा सब्र रखना,

उसकी हर चीज़ की खबर रखना।

क्योंकि जब भरोसा टूट जाता है,

तो फिर खुशियों का साथ छूट जाता है " ।

किस की सुने ?

दिल कहता है–

" किसी से प्यार है तो उस पे भरोसा करो,

ये बड़ा अच्छा होता है इसे जीवन की थाल में रोज़ परोसा करो।

पर भरोसा उस पे करो जो इसके काबिल हो,

जिस पे भरोसा करके आप को भी खुशियाँ हासिल हो।

भरोसा अनमोल होता है हर किसी पे नहीं किया जाता,

इसका एहसास हर किसी के साथ नहीं जिया जाता।

रिश्ता में प्यार हो तो वो हक़ से अच्छा होता है,

और किसी पे भरोसा करो,वो शक से अच्छा होता है " ।

अब बताओ किसकी सुने ।

12. जादू

दिमाग कहता है–

" जादू आँख का धोका होता है,

एक पल के लिए उसने दिमाग को रोका होता है।

अगर सबके पास चालाकी होती और सब्र होता,

तो हर दूसरी गली में एक जादूगर होता।

जादू से ईंट मकान नहीं हो जाता,

जादू से जानवर इंसान नहीं हो जाता।

जादू बस आँखों को धोखा मिले ऐसा एक पल होता है,

जादू कुछ नहीं होता बस छल होता है " ।

किस की सुने ?

दिल कहता है–

" जो बदल जाए वो हसीन नहीं होता,

और शायद इसलिए लोगों को जादू पे यकीन नहीं होता।

पर तब क्यों बोलते हो कि भगवान मेरी ज़िंदगी को काबू कर लो,

सब सही हो जाए ऐसा जादू कर दो।

जादू छल है पर समझदार बन्दा हैरान नहीं होता,

जादू से किसी का नुकसान नहीं होता।

अगर सबको दिल मे बसा लो तो प्यार का नगर हो तुम,

और अगर किसी की मुस्कुराने की वजह बन पाओ तो जादूगर हो तुम "

।

अब बताओ किसकी सुने।

13. कठोर परिश्रम

दिमाग कहता है–

" कड़ी मेहनत हर कोई करता है,

सफलता के लिए हर कोई मरता है।

कर्म करो तो फल के लिए,

अपने आने वाले कल के लिए।

अगर फायदा नहीं तो मेहनत मत करना ,

किसी पे बेवजह की रहमत मत करना।

वो रिक्शा वाला कड़ी मेहनत कर के दस रुपए कमाता है एक सवारी से,

इसलिए अगर मेहनत कर रहे तो करो होशियारी से " ।

किस की सुने ?

दिल कहता है–

"कर्म करो फल की चिन्ता मत करो,

आने वाले कल की चिंता मत करो।

अगर इच्छाएँ करनी पूरी है,

तो मेहनत बड़ी ज़रूरी है।

ये मत सोचो बैठे रहोगे और काम हो जाएगा,

और थोड़ा सा काम करके बड़ा नाम हो जाएगा।

अभी से मेहनत करोगे तो मानेंगे की तुम में अक़्ल होगी,

जो कठोर परिश्रम करेगा, उसकी जिंदगी सफल होगी " ।

अब बताओ किसकी सुने ।

14. आराम

दिमाग कहता है–

" अगर जीतना है तो आराम मत करो,

सिर्फ सोते–सोते अपनी सुबह को शाम मत करो।

आज जो आराम कर रहे उनको ये वक़्त सुनहरा सा लगता है,

पर उनको अपना हर सपना अधूरा सा लगता है।

आराम करने से वक़्त बर्बाद होता है,

और फिर हमें उसका अफ़सोस वक़्त के जाने के बाद होता है।

इसलिए अगर दुनिया के पीछे रहना है तो आराम कर लो,

और अगर ऐसा नहीं है तो जाओ कुछ काम कर लो " ।

किस की सुने ?

दिल कहता है–

" अरे रुक जाओ ! कितना काम करोगे,

सिर्फ काम करोगे तो कब आराम करोगे।

मुझे पता है काम करना मजबूरी है ,

पर ये ध्यान रहे सेहत भी ज़रूरी है।

दिन भर काम कर रहे आखिर क्या हासिल करना है,

अपनी ज़िंदगी याद है कि अपनों के सपनो का कातिल बनना है।

करने को तो ज़िन्दगी भर काम करलोगे,

कुछ ज़्यादा जाएगा नहीं अगर दो पल के लिए आराम करलोगे " ।

अब बताओ किसकी सुने ।

15. संबंध

दिमाग कहता है–

" रखना है तो साफ रखो, गंध मत बनाओ,

किसी से दुश्मनी कर लो पर संबंध मत बनाओ।

यहाँ पे प्यार जताने पड़ता है,

चाहते नहीं हो पर इस रिश्ते को निभाना पड़ता है।

तुम अकेले ही बहुत हो किसी के साथ की ज़रूरत नहीं है,

यहाँ कोई भी भगवान की मूरत नहीं है।

इसलिए उसकी ज़िंदगी का कोई काम कभी बंद नहीं होता ,

जो खुद के दम पे होता है और जिसका कोई संबंध नहीं होता " ।

किस की सुने ?

दिल कहता है–

" मानों ना मानों वो बन्दा अक्लमंद होता है,

जिसके पास सुख–दुख बाँटने के लिए एक संबंध होता है।

ये प्यार से बनता है इसे निभाया नहीं जाता,

ये खूबसूरत सा राज़ है सबको इसके बारे में बताया नहीं जाता।

पर कभी ना सोचा था कि इंसानियत में ऐसा भी एक कायदा होगा,

जब तुम हारोगे तो संबंधियों का फायदा होगा।

इसलिए संबंध उससे बनाओ जिस पे ऐतबार हो,

जिसके लिए दिल मे सम्मान हो और प्यार हो " ।

अब बताओ किसकी सुने।

16. एक तरफा प्यार

दिमाग कहता है–

" बेवजह किसी का इंतज़ार मत करो,

अगर दोनों को हो तो ठीक वरना किसी से एक तरफा प्यार मत करो।

एक तरफा प्यार में वक़्त ज़ाया होता है,

जिसको हम अपना मानते है वो पराया होता है।

मौका है तुम्हारे पास सोच लो,

इसको छोड़ो कोई और खोज लो।

शायद किस्मत का साथ यहाँ पे कच्चा होगा,

शायद तुम्हारे लिए कोई इससे भी अच्छा होगा "।

किस की सुने ?

दिल कहता है–

" किसी पे अपना सब कुछ निसार कर देने की बात ही कुछ और होती है,

एक तरफा प्यार की बात ही कुछ और होती है।

एक तरफा प्यार ज़्यादातर सच्चा होता है,

एक तरफा प्यार करने वाला हमेशा अच्छा होता है।

वो तुम्हारी आदत जैसा है तुम्हारी सुबह की चाय की तरह,

वो तुमसे जुड़ा हुआ है तुम्हारे साये की तरह।

ना लड़ाई ना गुस्सा और ना ही शक होता है,

ये दो हिस्सों में नहीं बाटा जाता इस पे एक का पूरा हक होता है " ।

अब बताओ किसकी सुने ।

17. विश्वासघात

दिमाग कहता है–

" कहीं–कहीं इश्क़ का एहसास नहीं होता,

कहते है कि प्यार है पर विश्वास नहीं होता।

अगर विश्वास टूटा तो इंसान टूट जाता है,

बाहर से खुश दिखे अंदर से टूट जाता है।

विश्वास के बिना जो प्यार होता है,

वो रिश्ता मजबूर और लाचार होता है।

इसलिए अगर वो तुम्हारे अलावा तुम्हारी तरह किसी और के साथ होगा,

तो समझ जाना यहाँ तुम्हारे साथ विश्वासघात होगा" ।

किस की सुने ?

दिल कहता है–

" अगर किसी को प्यार है तो वो विश्वास क्यों तोड़ेगा,

अगर किसी को तुम पे ऐतबार है तो वो तुम्हारा साथ क्यों छोड़ेगा।

वफ़ादार और विश्वासघाती की पहचान नहीं होती,

पर ये बात भी सच है दोनों की ज़िन्दगी आसान नहीं होती।

गलत रास्ते की तरफ आवाज़ मत करना,

जो गलत लगे उसपे विश्वास मत करना।

इसलिए जब दिन उसका है तो किसी और की रात क्यों करे,

जब प्यार एक बार होता है तो इसमें विश्वासघात क्यों करे"।

अब बताओ किसकी सुने।

किस की सुने ?

18. माता-पिता

दिमाग कहता है–

" वो माँ बाप है आपके पर ज़िन्दगी सिर्फ आपकी है,

गलत सही की सोच भी सिर्फ आपकी है।

हर बात के लिए माँ–बाप को परेशान मत किया करो,

ज़िन्दगी के फैसले खुद लिया करो।

माता–पिता की हर बात सही नहीं होती,

पर हमने उनको ये बात कही नहीं होती।

इसलिए अब खुद की ज़िम्मेदारी लो अब बड़े हो गए हो,

पहले माँ–बाप सहारा थे अब अपने पैरों पे खड़े हो गए हो "।

किस की सुने ?

दिल कहता है–

एक जान है और एक है जहान की तरह,

दोनों है मेरे सपनों के आसमान की तरह।

तुम्हारी ज़िन्दगी का रास्ता कहीं होगा,

वो कहे जो शायद गलत हो पर तुम्हारे लिए सही होगा।

उनको कैसे इनकार करूँ जिन्होंने पाला है मुझे,

जब डगमगाया मैं, उन्होंने संभाला है मुझे।

इसलिए भले सिक्का हूँ पर हमेशा खोटा रहूँगा,

भले बड़ा हो जाऊँ माँ–बाप से छोटा रहूँगा ” ।

अब बताओ किसकी सुने ।

किस की सुने ?

19. जानवर

दिमाग कहता है–

" ये चार पैरों के जीव किस काम के है,

इस बड़ी दुनिया मे अब ये गुमनाम से है।

सड़को पे अब ये मरे होते है,

और अफ़सोस हम ये सब देख के बस वहाँ खड़े होते है।

पर मैं खुश हूँ की बेज़ुबान है वो,

इस हैवानीयत की दुनिया से अनजान है वो।

बुरा लगता है क्योंकि तुम दिमाग से कच्चे हो,

पर सच कह रहा तुम इंसान से अच्छे हो " ।

किस की सुने ?

दिल कहता है–

" जो पालतू है उसे प्यार देते हो,

और जो नहीं है उसे मार देते हो।

पेड़ काट रहे हो बताओ ये किधर जाएगा,

तुम्हारे कुकर्म से देखना प्रकृति का संतुलन बिगड़ जाएगा।

जहाँ वो रहते है वो जंगल है नर्क नहीं है,

वैसे तुमसे क्या कहना जानवर और इंसान में आज कोई फर्क नहीं है।

इतना कहूँगा की लोमड़ी समझदार है कुत्ता वफ़ादार है,

जानवरों में आ रही इंसानियत,बाकी आप समझदार है " ।

अब बताओ किसकी सुने।

20. वफ़ादारी

दिमाग कहता है–

" हर माहौल में घुल मिल जाए सबका ऐसा आकार नहीं होता,

हर इंसान कहीं न कहीं खुद से ही वफ़ादार नहीं होता।

जो बन्दा समझदार होगा,

वो खुद और सबके साथ वफ़ादार होगा।

आज कोई भी वफ़ादार नहीं है,

एक इंसान पे अपना सब कुछ लुटा दे कोई इतना दिलदार नहीं है।

अगर वफ़ादार हो तो खुद को तुम काबिल बना रहे हो,

वरना सच कहूँगा तुम अपनी बेवकूफी की कहानी सबको सुना रहे हो "।

किस की सुने ?

दिल कहता है–

" कोई तुम्हारा क्या खाता है,

वफ़ादार रहने में क्या जाता है।

अगर बेईमानी की तरफ गर्दन मुड़ जाएगी,

जान लो रातों की नींद उड़ जाएगी।

सच बोलोगे तो शायद नुकसान होगा,

पर ये मान लो सच–झूट बोलने से आसान होगा।

इसलिए उसकी बात ही अलग है जिसके सर पे ईमानदारी का सेहरा होता है,

और उन्हें देख समझ आता है कि वफ़ादारी का भी एक चेहरा होता है "

।

अब बताओ किसकी सुने।

किस की सुने ?

21. दोस्ती

दिमाग कहता है–

" वो ईमानदार होगा और इंसान सच्चा होगा,

वक्त में जो साथ रहे वो दोस्त अच्छा होगा।

पहले ये एक–दो से होती थी आज सबसे होती है,

पहले इसमें प्यार भरा था आज ये मतलब से होती है।

इसमें अच्छे और बुरे की पहचान नहीं होती,

पर दोस्ती भी आसान नहीं होती।

जब एक को दर्द हो तो दूसरा भी रोता है,

पर आज के ज़माने में ऐसा दोस्त कहा होता है " ।

किस की सुने ?

दिल कहता है–

" कभी–कभी दोस्त बगल में होता है पर करीब नहीं होता,

जो हमेशा साथ दे सबको ऐसा दोस्त नसीब नहीं होता।

कहीं–कहीं ये रिश्ते खोटे पड़ जाते है,

पर कभी–कभी इसके सामने खून के रिश्ते भी छोटे पड़ जाते है।

ये पानी की तरह होते है,

ये खुली किताब की तरह होते है।

पर सच कहूँ तो सबसे अच्छी बचपन की दोस्ती थी,

ना दोस्ती का मतलब पता था ना मतलब की दोस्ती थी " ।

अब बताओ किसकी सुने ।

22. रंग

दिमाग कहता है–

“ किसी चीज़ के लिए जल्दी होती है किसी चीज़ के लिए सब्र होता है,

हर रंग का हम पे अलग असर होता है।

जिसका मिजाज़ हद्द से ज़्यादा रंगीन होता है,

उसका हर अपराध संगीन होता है।

ज़िन्दगी के हर पड़ाव का अलग रंग होता है,

और हर पड़ाव को जीने का अपना ढंग होता है।

जब दिल मे सच्चाई हो तो चेहरे का रंग खिल जाता है,

और जिसने झूट बोला तुरन्त उसके झूट का रंग दिख जाता है ” ।

किस की सुने ?

दिल कहता है–

" दुनिया में रंगों का खेल होता है ,

और शायद इसी लिए इंद्र धनुष में रंगों का मेल होता है।

रंग प्राकृतिक है इससे किसी की पहचान नहीं होती,

रंग किसी के चेहरे की शान नहीं होती।

और इंद्र धनुष तो एकदम से मलंग होता है ,

समझ नहीं आता कौन सा रंग किसके संग होता है।

इसलिए मान लो तो बेसुरी, मान लो तो संगीन है,

दुनिया मान लो तो काली है, मान लो तो रंगीन है " ।

अब बताओ किसकी सुने ।

23. त्योहार

दिमाग कहता है–

" लेकर खुशियाँ हज़ार आता है,

पहले एक–दो बार आता था अब हर महीने त्योहार आता है।

पर हम आज भी पुरानी सोच में पड़े हुए है,

त्योहार भी धर्म के हिसाब से बटे हुए है।

पर सबका अपना ही लगाव होता है त्योहार से,

हम मनाते है इसे शौक, उल्लास और प्यार से।

हर साल आता है पर हर बार इसकी बात अलग है,

पर जो त्योहारों को धर्मो में बांट देते हो वो बात गलत है " ।

किस की सुने ?

दिल कहता है–

“ जो सोच के करना पड़े वो कैसा प्यार होता है,

और जो धर्म मे बंट जाए वो कैसा त्योहार होता है।

हरा कुर्ता क्यों पहना है, भगवा सिर पे क्यों बांधा है कोई तुम्हें टोक नहीं सकता,

कोई भी त्योहार मनाने से कोई भी तुम्हें रोक नहीं सकता।

अरे! शर्मा जी का लड़का भी रिज़वान चाचा से ईदी पाता है,

और अब्दुल भी प्रियांशु के घर की नवरात्रि के बारे में सबको बताता है।

इसलिए यहाँ अच्छा बुरा कोई कर्म नहीं होता,

और त्योहार सबके है इसमें कोई धर्म नहीं होता ” ।

अब बताओ किसकी सुने ।

24. शक

दिमाग कहता है–

" उसकी जिंदगी एकदम जैसे दुखियारी सी रहती है ,

जिसके घर में शक एक बीमारी सी रहती है।

बेवजह हर बात पे सवाल किया जाता है,

कहीं हकला जाओ जवाब देने में तो हर बात का बवाल किया जाता है।

शक की वजह से टूटे हुए दिलों की बड़ रही आबादी है,

ये वो बिन बुलाया मेहमान है जो मचाता बर्बादी है।

जब दोनों में प्यार है तो शक करने की वजह कहा है,

और रिश्ता तो दो लोगों से बनता है इसमें तीसरे की जगह कहा है " ।

किस की सुने ?

दिल कहता है–

" जब रिश्ता दोनों की मंजूरी से होता है इस पे दोनों का हक़ है,

जब खुद की रज़ा है इसमें तब किस बात का शक है।

रिश्ते में शक अच्छा नहीं होता,

जो शक करता है कहीं ना कहीं रिश्ते में वो सच्चा नहीं होता।

शक करने से आप खो देते हो रिश्ते में जो बात है,

कल की फिक्र है पर ये नहीं सोचते कि वो आज आपके साथ है।

इसलिए अब शक करोगे तो ज़िन्दगी का सुख चैन खो जाएगा,

और कुछ हासिल नहीं होगा इसलिए आज में जिओ कल जो होना है हो जाएगा "।

अब बताओ किसकी सुने।

25. कार्टून

दिमाग कहता है–

“ये सब बस मसला–ए–जुनून का है,

दुनिया अमीर समझती है और किरदार कार्टून का है।

बिना हाथ लगाए सबको हँसा सकता हूँ,

किसी को उसके जीने की वजह बता सकता हूँ।

पर बुरा लगता है जब मेरा अस्तित्व किसी के लिए खाक बनता है,

बुरा लगता है जब आप किसी के लिए अच्छा करो और आपका मज़ाक बनता है।

ना कोई रिश्तेदार है और ना ही कोई कर्म है मेरा,

कार्टून हूँ साहेब लोगों का मनोरंजन करना ही धर्म है मेरा ”।

किस की सुने ?

दिल कहता है–

" अस्तित्व नहीं है मेरा पर मैं अदृश्य नहीं हूँ,

किसी का दिल दुखाऊ ऐसा दृश्य नहीं हूँ।

किसी की बातों की प्रशंसा तो किसी के बातों की निंदा हूँ मैं,

पर दिल में ना सही लोगों की ज़ुबानों में जिंदा हूँ मैं।

लोग पूछते है मेरा धर्म क्या है और मैं कौन हूँ,

मैं छोटा भीम, मैं नोबिता और मैं ही डोरेमॉन हूँ।

खुशी के मौके पे देखना मैं हर बार रहूँगा ,

मैं कल था मैं आज हूँ मैं सालो साल रहूँगा " ।

अब बताओ किसकी सुने।

26. माफी

दिमाग कहता है–

" अपना दिल बार–बार साफ मत करो,

किसी को बार–बार माफ मत करो।

उसे तुम्हें धोका देने की आदत लग जाएगी,

और फिर वो आपके लिए आफत बन जाएगी।

अगर कोई अज़ीज़ है तुम्हारा तभी उसे माफ करना,

पर उसके बाद भूल मत जाना उसका गुनाह याद रखना।

उससे रिश्ता खत्म कर दो क्योंकि अब आपको उसकी हर बात झूठ लगेगी,

और अगर आप हर बार माफ करते हो तो उसको ये गलत काम करने की

छूट लगेगी " ।

किस की सुने ?

दिल कहता है–

" खुद को धोखा मत दो खुद से साथ इंसाफ करो,

कब तक बात दिल मे दबा कर बैठे रहोगे, जाओ और उसे माफ करो।

अगर वो गलती करता है और आपसे प्यार भी है तो वो आपके लिए हमेशा खड़ा होता है,

ऐसे लोगों को माफ कर देना चाहिए क्योंकि माफ कर देने वाला बड़ा होता है।

जब किसी से रूठोगे तो दिल में कुहराम मच जाएगा,

और अगर प्यार से उसे जो आपने माफ कर दिया तो रिश्ता बच जाएगा।

इसलिए सारी भावनाओ का एक साथ ही हिसाब कर दो,

गले लगाओ और उसको माफ कर दो " ।

अब बताओ किसकी सुने।

किस की सुने ?

27. भूल जाना

दिमाग कहता है–

" कुछ भूलता नहीं मैं, सब याद रहता है,

कौन दुख में छोड़ देता है और कौन साथ रहता है।

समय–समय की बात है कोई किसी का सगा नहीं है,

जो सच्चा रहा है तुम्हारे साथ वो दुख में कभी भगा नहीं है।

गम के आंगन से हट कर तुम चाहते हो कि खुशी के झूले में झूल जाऊँ,

सीधा कहो कि तुम्हारी गलती को भूल जाऊँ।

पर अब ये दिल पे मिट्टी है वापस से धूल ना होगी,

माफ करना अब भूलने की भूल ना होगी "।

किस की सुने ?

दिल कहता है-

बुरी बाते पुरानी है तो आज तक साथ क्यों है,

जो तुम्हें दुख पहुँचाए वो बातें आज तक याद क्यों है।

यादें दिल पे भोज होती है,

दिल और दिमाग में इसकी बाते रोज़ होती है।

बीते कल से अब आगे बड़ो,

अपनी सोच से अब आगे चलो।

वही रहने से तो आगे बड़ जाना अच्छा है,

याद रखने से तो भूल जाना अच्छा है " ।

अब बताओ किसकी सुने।

28. अफ़सोस

दिमाग कहता है–

" आज होगा, कल होगा, रोज़ होगा,

रिश्ते में जिसकी भी गलती हो, अंत में दोनों को अफ़सोस होगा।

जब तलवार ना हो तो म्यान कौन रखता है,

गलती करते वक़्त ध्यान कौन रखता है।

इसलिए पानी रहेगा कुछ भी भाप नहीं होगा,

जब गलती बड़ी होगी उसका पश्यातापं नहीं होगा।

और आखिर में तुम जीने की वजह की खोज करोगे,

और अगर हार गए तो बस बैठ के अफ़सोस करोगे " ।

किस की सुने ?

दिल कहता है–

" जब गलती हो गयी तो मलाल कैसा ,

अपनी पसंद पे सवाल कैसा।

एक ही भावना पे अड़े मत रहो,

एक ही जगह पे खड़े मत रहो।

दीवार को धक्का मारने से मुझे बताओ वो हिलेगा क्या,

और अफ़सोस करने से बताओ कुछ मिलेगा क्या।

इसलिए बेवजह की वजह की खोज मत करो,

भूल जाओ आगे बढ़ो अफ़सोस मत करो " ।

अब बताओ किसकी सुने ।

29. उजाला

दिमाग कहता है–

" गर्मी बड़ी है तुम में पर ज्वाला नहीं है,

कहते हो कि दिन में हूँ पर तुम्हारे सूरज में उजाला नहीं है।

देखना कही अंधेरे में खो ना जाओ,

आँखे खुली हो और तुम सो ना जाओ।

अगर उजाले में रहते तो रास्ता दिख जाता ,

अपनो से किया हुआ वास्ता दिख जाता।

सिक्के के डिब्बे की तरह खनक रहे हो,

भ्रम में हो कि चमक रहे हो " ।

किस की सुने ?

दिल कहता है–

" अकेला नहीं हूँ सबको बताऊंगा मैं,

अपनी ज़िन्दगी में उजाला लाऊंगा मैं।

पानी हूँ मैं ईट मारोगे तो छलकूँगा,

चांद की तरह नहीं हूँ, अपनी रोशनी से चमकूँगा।

मेरी रोशनी से उज्ज्वल सारा जहां होगा,

ज़मीन दिखेगी सबको और मेरा आसमान होगा।

इसलिए मेरी राख के अंदर दहक रहा ज्वाला है,

दिख नहीं रहा बस वरना मेरे अंदर भी उजाला है " ।

अब बताओ किसकी सुने।

30. दबाव में

दिमाग कहता है–

“ कभी ना चाहते हुए तो कभी बस भाव में

कई काम करने पड़ते है समाज के दबाव में।

कभी–कभी जीने का मकसद ही अलग हो जाता है ,

जब समाज के दबाव में काम करते है तो काम गलत हो जाता है।

लोग हमारी ज़िंदगी से खेल जाते है ,

वो दबाव डालते जाए हम झेल जाते है।

ना सपनों के पन्नों से, ना कानून की किताब से,

यहाँ सारे काम होते है समाज के दबाव से ” ।

किस की सुने ?

दिल कहता है–

"सबको खुशिया सामान्य मिलनी चाहिए कोई ना रहे अभाव में,

अपनी ज़िंदगी जिओ ना कि समाज के दबाव में।

जो तुम्हें समझा रहे वो तुम्हें अपना मानते है क्या,

तुम क्या चाहते हो वो जानते है क्या।

करो वही जो चाहते हो,

फिर होते रहने दो समाज में जो बातें हो।

अपने सपनों पे जिओ किसी और के ख़्वाब पे नहीं ,

ज़िन्दगी तुम्हारी है याद रखो किसी के बाप की नहीं "।

अब बताओ किसकी सुने।

31. मजदूरी

दिमाग कहता है–

" ऐश–ओ–आराम चाहते है पर क्या करे मजबूरी है,

किस्मत में ही लिखी मजदूरी है।

फायदा किसी और का हम दिन भर काम करते है ,

और हमारे मालिक सिर्फ बैठ कर आराम करते है।

हम यहाँ धूप में तप रहे है,

और अंदर ऑफिस में हमारी मेहनत के नोट छप रहे है ।

वो कमरे में गोरा रहता है हम सूरज में काले पड़ते है,

वो पेट भर खाता है हमें दो रोटी के लाले पड़ते है " ।

किस की सुने ?

दिल कहता है–

" खोखले दिखावे होते है, मालिको का झूठा सम्मान होता है,

मजदूर से कुछ सीखो, ईमानदारी का ही सही उसका खुद की मेहनत का मकान होता है।

अगर तुम नहीं होते तो उसका नाम होता क्या,

अगर तुम नहीं होते तो उसका काम होता क्या।

जैसे तुम निस्वार्थ हो वो वैसे कभी हो नहीं सकते,

जो तुम्हारी कमाई का खाते है वो चैन से सो नहीं सकते।

बेईमानी की ज़िंदगी से दूर हो तुम,

मैं तो कहूँगा अच्छा है मजदूर हो तुम " ।

अब बताओ किसकी सुने।

32. राजनीति

दिमाग कहता है–

" बैठे–बैठे बड़े नाम हो जाते है,

राजनीति से बड़े काम हो जाते है।

चार बात यहाँ चार झूट वहाँ और काम पूरा हो जाता है,

वो बात अलग है कि उसकी जिंदगी का कूड़ा हो जाता है।

इसको इस्तेमाल करने की कला सब मे नहीं समाती है,

ये कला है सिर्फ बड़े–बड़े चोरो को आती है।

हम लोग ही उनमें से है जो इनका नाम करते है,

हम लोग ही सर झुका के ऐसे लोगों को प्रणाम करते है " ।

किस की सुने ?

दिल कहता है–

" बेईमानी से उसने ये गद्दी खरीदी होती है,

और ऐसे नाकाबिल नेता के हाथों राजनीति होती है।

दो दिन की कहानी उसके बाद ना याद रह जाने वाला किस्सा है ये,

कुछ कपटी नेताओ की रणनीति का हिस्सा है ये।

छोटी सी बात का बतंगड़ बनाते है,

पौधे को आग लगती है ये जंगल बताते है।

जो नाकाबिल लोगों की बड़े पदों के लिए सिफारिश करते है,

ऐसे लोग ही देश को अपाहिज करते है " ।

अब बताओ किसकी सुने ।

33. फौज

दिमाग कहता है–

“ हम सब आज सुरक्षित और साथ है,

क्योंकि सरहद पे सेना तैनात है।

आज हम मज़े में चूर रहते है,

और वो हमारे लिए अपनो से दूर रहते है।

खुशियों का सहलाब घर मे कमाल आता है,

जब बच्चों का बाप, किसी का सुहाग और सरहद से वापस उस माँ का लाल आता है।

वो अपनी ज़िंदगी देश के नाम करते है,

और इसी लिए जहा दिखे हम उन्हें प्रणाम करते है ” ।

किस की सुने ?

दिल कहता है–

" यहाँ जिनको हम मसीहा मानते है वो बस देश के भक्षक है,

औए जो हमारे लिए सरहद पे मौजूद है वो हमारे रक्षक है।

हम यहाँ छोटी–छोटी खुशिया गिने तो हज़ार मनाते है,

वो वहाँ शायद ही कोई त्योहार बनाते है।

वो थोड़े सीधे–साधे पर थोड़े सख्त भी है,

वो बाप है वो भाई है वो देशभक्त भी है।

आज हम यहाँ बड़े मौज में है,

क्योंकि सबसे वीर सिपाही हमारी फौज में है " ।

अब बताओ किसकी सुने ।

34. भारत

दिमाग कहता है–

“ यहाँ जीने का कोई ढंग नहीं है,

सोने की चिड़िया है पर पंख नहीं है।

यही हम पैदा हुए यही हम बड़े हुए है,

औए तब से देख रहे इस देश मे गरीब भरे हुए है।

सिर्फ 15 अगस्त और 26 जनवरी देशभक्ति का वक़्त नहीं होता,

और सिर्फ तिरंगे का सम्मान करने से कोई देशभक्त नहीं होता।

सब पे पैसा दबा हुआ है कोई भी लाचार नहीं है,

पर तब भी अफ़सोस कि बात है इस देश मे सुधार नहीं है ”।

किस की सुने ?

दिल कहता है-

मैं अपने देश के साथ चलता हूँ,

कोई भी कदम बढ़ाने से पहले मैं उन वीर जवानों की कुर्बानियो को याद रखता हूँ।

तुम कहते हो इस देश ने तुम्हें दिया ही क्या,

मुझे बताओ इस देश के लिए आखिर तुमने किया ही क्या।

देखना आगे चल के अपने देश के बारे में तुम सबको बताओगे,

और सुधार तभी आएगा जब आप चाहोगे।

लो शपथ की मैं देश के लिए हथेली पे अपनी जान रहेगी,

मरते दम तक तिरंगे की शान रहेगी ”।

अब बताओ किसकी सुने।

35. प्रतिद्वंदी

दिमाग कहता है–

" मज़ा तो तब है जब आप सर उठा के रहे,

और जो आप के खिलाफ हो वो सर झुका के रहे।

यहाँ एक–दो नहीं देखने चलो तो हर जन है,

अगर सही कहूँ तो हर बन्दा आपका दुश्मन होता है।

वो तुम्हारी गलती बताएंगे अपनी गलती का पर्दाफाश नहीं करते,

तुम्हारी खुशियों को बिल्कुल भी बर्दाश्त नहीं करते।

या तो ऐसे लोगों से आगे रहो,

या फिर ज़िन्दगी जिओ और इनसे दूर भागे रहो " ।

किस की सुने ?

दिल कहता है–

" मेरे हिसाब से तो दुश्मन से प्यार करो,

उसको बनाओ अपना आईना और खुद को तैयार करो।

इनको झेलना एक तरह की मजबूरी सा है,

पर असल मे दुश्मन ज़रूरी सा है।

जब वो रहेगा साथ हमेशा खुद से कहोगे मैं रुक नहीं सकता,

वो मुझसे ऊपर आजायेगा इसलिए मैं झुक नहीं सकता।

उसकी अहमियत का एहसास रखो,

अगर सफल बनना है तो दुश्मन को पास रखो " ।

अब बताओ किसकी सुने।

36. विलासिता

दिमाग कहता है–

" मज़े की ज़िंदगी किसको स्वीकार नहीं है,

विलासिता से किसको प्यार नहीं है।

इसको पाने के लिए सब काम करते है,

और जिनको ये मिल जाए वो बस आराम करते है।

और उनकी ज़िंदगी तो खुशियों से खिल जाती है,

जिनको ये खैरात में मिल जाती है।

ना ये मेहनती के साथ और ना ये फकीर के साथ,

ज़िन्दगी में विलासिता तो बस तक़दीर की बात है "।

किस की सुने ?

दिल कहता है–

" जायदात में मिला मकान नहीं है,

ज़िन्दगी में विलासिता का आना आसान नहीं है।

ना किसी की फ़रियाद से ना खुदा की रहमत से,

ज़िन्दगी में ये आती है सिर्फ और सिर्फ मेहनत से।

ये सिर्फ उसको हासिल होता है ,

जो सही मायने में काबिल होता है।

इसलिए कामयाबी का सफर नाकामी से होकर होगा,

जो कल विलासिता में ज़िन्दगी बिताएगा, वो आज किसी का नौकर होगा " ।

अब बताओ किसकी सुने।

किस की सुने ?

37. रात

दिमाग कहता है–

" रात की भी बात होती है,

जो सुकून से कट जाए वो सिर्फ कुछ लोगों के साथ होती है।

कुछ लोगों का दिन रात से शुरू होता है,

जो मुद्दा बन जाए ऐसी बात से शुरू होता है।

ये वो समा है जब तुम दूर होते हो सवेरे से,

और यही वो वक़्त है जब तुम रूबरू होते हो अंधेरे से।

कुछ लोगों को हमेशा ये बात सताती है,

दिन में भी नहीं सो पाते और रात में भी नींद नहीं आती है "।

किस की सुने ?

दिल कहता है–

" मेरे लिए तो हसीन हर रात होती है,

क्योंकि तभी मेरी मेरे ख़्वाबों से मुलाकात होती है।

मैं रात का इंतज़ार करता हूँ,

क्योंकि मैं अंधेरे पे ऐतबार करता हूँ।

कुछ लोगों को रात पसन्द नहीं वो सवेरे की तलाश करते है,

ऐसे लोग बेवजह हताष रहते है।

क्योंकि सुख भी दुख के बाद आता है,

और सवेरा भी रात के बाद आता है "।

अब बताओ किसकी सुने।

38. दिन

दिमाग कहता है–

" सुबह उठ के मैं खुद से बात करता हूँ,

और कुछ इस तरह मैं अपने दिन की शुरुवात करता हूँ।

रात अच्छी नहीं लगती इसलिए सिर्फ हर रात मैं अकेला होता हूँ,

कम से कम दिन में मैं सबके साथ होता हूँ।

दिन में सुबह होती है और शाम भी है,

वक़्त भी ज़्यादा रहता है और इस वक़्त में मुझे बड़ा काम भी है।

जो दिन में सोता है उसका जीवन काला होता है,

और जो इस वक़्त का इस्तेमाल करे उसकी जिंदगी में उजाला होता है "

।

किस की सुने ?

दिल कहता है–

" दिन में दिन भर काम करना पड़ता है,

सुबह और शाम करना पड़ता है।

दिन में सब साथ रहते है और मुझे किसी का साथ अच्छा नहीं लगता,

क्योंकि यहाँ पे कोई भी मुझे सच्चा नहीं लगता।

दिन भले ही रात का साथी है,

पर बात अंत तक रात में आती है।

ज़्यादा नहीं बोलूँगा बस इतना कहने दो,

तुम दिन में रहो मुझे रात में रहने दो " ।

अब बताओ किसकी सुने ।

किस की सुने ?

39. बचपन

दिमाग कहता है–

" जो सुन लेते है उस बात पे यकीन होता है,

कहो ना कहो बचपन बड़ा हसीन होता है।

वैसे तो बचपन मे पढ़ने के लिए मजबूर होते है,

वो बात अलग है गलत आदतों के दायरे से दूर होते है।

बचपन मे हमारे साथ इंसाफ हो जाता था,

गलती करे या गुनाह माफ़ हो जाता था।

उम्र का तकादा एक समय के बाद आता है,

पर कुछ भी कहो बचपन बड़ा याद आता है "।

किस की सुने ?

दिल कहता है–

" इस समय में हर बन्दा सच्चा होता है,

जवानी, बुढापा बाद में बचपन सबसे अच्छा होता है।

सच झूट क्या है कोई फिक्र नहीं ,

परेशानियों का बेवजह सा ज़िक्र नहीं।

सबको मिली हमेशा से ये सौगात होती है,

बचपन की अलग ही बात होती है।

आज बस ज़िंदा पर उम्र से पचपन का हूँ,

पर दिल से लगता है कि बचपन का हूँ " ।

अब बताओ किसकी सुने।

40. जवानी

दिमाग कहता है–

" हर किस्से में हर कहानी में,

सबसे रोचक दौर होता है जवानी में।

छोटे रहे है ज़िन्दगी भर बड़े होने की बारी होती है,

कई काम होते है कई ज़िम्मेदारी होती है।

जीते जी सारे सपने कुर्बान हो जाते है,

बचपना छोड़ना पड़ता है जब जवान हो जाते है।

इस दौर में इंसान गिरता भी है संभलता भी है,

और यही इंसान बदलता भी है और बिगड़ता भी है " ।

किस की सुने ?

दिल कहता है–

" जवानी में गर्म खून होता है,

अलग जोश होता है अलग जुनून होता है।

अगर सही इस्तेमाल करो तो ये है आज़ादी की तरह,

वरना ये है एक तरह के बर्बादी की तरह।

वो बड़ा और बड़ा उसकी ज़िंदगी का कारोबार हो जाता है,

कही ना कही जवानी में बन्दा समझदार हो जाता है।

इसलिए बस इतना कहेंगे कि तन और मन से बलवान रहो,

शरीर तो नश्वर है तुम जवान रहो "।

अब बताओ किसकी सुने।

41. बुढापा

दिमाग कहता है–

“ आवाज़ धीमी और ऊँचा आपा होता है,

ऐसा तब होता है जब बुढ़ापा होता है।

थोड़ा चल के थक जाते है,

दीवार का सहारा लेने लग जाते है।

इस उम्र को ना चाहते हुए भी सब स्वीकार करते है,

और फिर बस मौत का इंतेज़ार करते है।

उसके बाद हम बस बीते कल को याद करते है,

मंदिर में बैठ बस ईश्वर का जाप करते है ” ।

किस की सुने ?

दिल कहता है–

" इनकी ज़िन्दगी में सीधा नहीं हर चीज़ का ज़रिया होता है,

इनका सोचने का अलग नज़रिया होता है।

इनकी परछाई में रहो तो सब सम्भव होता है,

क्योंकि इनको हर चीज़ का अनुभव होता है।

क्या अच्छा क्या बुरा इनको हर चीज़ की खबर होती है,

घर के हर इंसान पे एक वृद्ध पुरुष की नज़र होती है।

कद बड़ा शरीर बड़ा इसकी सबसे छोटी उम्र भी पचपन की होती है,

पर कभी–कभी इनकी आदतें भी बचपन की होती है "।

अब बताओ किसकी सुने।

42. मौत

दिमाग कहता है–

" मौत है एक दिन सबको आनी है,

पर इसके बीच बचपन है बुढ़ापा है और जवानी है।

इसका डर सबको सताता है,

बिन बुलाए मेहमान की तरह ये कभी भी आ जाता है।

कभी धीरे–धीरे कभी एक झटके में आती है,

यही सब बातें ध्यान करके जीवन की एहमियत बड़ जाती है।

जी लोगे ज़िन्दगी भर ये गलतफ़हमी पाली नहीं जाती,

और मौत तो आनी ही है ये टाली नहीं जाती "।

किस की सुने ?

दिल कहता है–

" जो बाद की बात है उसको अभी याद क्यों करना,

मौत जब पता है आएगी तब अभी उससे क्यों डरना।

मौत आएगी ये तुम्हें पता है,

पर उससे पहले देखो की जीवन बहुत बड़ा है।

अगर अभी मौत को याद करोगे ,

तो बस अपना वक़्त बर्बाद करोगे।

इसलिए आने वाले कल में नहीं आज में जिओ,

मौत के सेहरे के साथ नहीं जीवन के ताज में जिओ "।

अब बताओ किसकी सुने।

43. आतंकवादी

दिमाग कहता है–

" किसी को मारना जिसके लिए जिहादी होता है,

वो इंसान नहीं आतंकवादी होता है।

ये हम आम लोगों में एक ऐसा जन होता है,

जो मानव जाति का दुश्मन होता है।

इनको पता भी नहीं ये क्या करते है,

जिसके घर का सदस्य मरता है वो लोग इनके वजह से आँखें भरते है।

भूकंप और सुनामी तो बाद में होगा,

कोई बड़ी बात नहीं इंसानियत का अंत आतंकवाद से होगा "।

किस की सुने ?

दिल कहता है–

“ इसमें कई लोगों का कुकर्म आ जाता है,

पता नहीं क्यों पर ऐसी चीज़ों में भी धर्म आ जाता है।

धर्म का इससे कोई लेना देना नहीं है,

भक्त का संगठन होता है यहाँ इसकी कोई सेना नहीं है।

आतंकवाद की ही बस बढ़ाई होती है,

जब दो देशों में लड़ाई होती है।

इसलिए जो ये कर रहे ये कोई कर्म नहीं होता,

और आतंकवादियों का कोई धर्म नहीं होता ”।

अब बताओ किसकी सुने।

44. अमीर

दिमाग कहता है–

" ऐसे लोगों की पहचान अलग होती है,

अमीर लोगों की शान अलग होती है।

थोड़ा बहुत नहीं लाखों का सौदा होता है,

अमीरों का इस ज़माने में अलग ही औदा होता है।

ये किसी की मेहनत से किसी की तकदीर से है,

उस बंदे के मज़े है जिसकी पहचान अमीर से है।

उनके सर पे ज़माने का ताज होता है,

जो अमीर होता है उसका ही राज होता है "।

किस की सुने ?

दिल कहता है–

" ज़िन्दगी बंधी होती है जंज़ीरों से,

जाकर पूछो अमीरों से।

हर काम कायदे में करना पड़ता है,

ज़माने और सबके दायरे में करना पड़ता है।

कई काम है जो आम इंसान कर ले पर वो कर नहीं सकते,

ज़िन्दगी गाड़ियों और घर मे कैद है सड़क पर चल नहीं सकते।

इसलिए ये सोचो कि तुम्हारी ज़िन्दगी खराब नहीं है,

और अमीर आखिर इंसान ही है कोई स्वर्ग का नवाब नहीं है "।

अब बताओ किसकी सुने।

45. गरीब

दिमाग कहता है–

" ये बेबस और लाचार होते है,

इनके भी भिन्न प्रकार होते है।

कोई छोटा बच्चा होगा जो अपने घर वालों से दूर होता है,

कोई होता है जो मजबूर होता है।

इनकी ज़िन्दगी में कोई अपना नहीं होता,

इन लोगों का कोई सपना नहीं होता।

बस एक ही चीज़ देख कर इनका चेहरा खिल जाए,

जब इनको रात में खाने के लिए दो रोटी मिल जाए "।

किस की सुने ?

दिल कहता है–

" ये भी इंसान ही है बस इनका अच्छा नसीब नहीं है,

पर जहा तक मुझे लगता है कि ये गरीब नहीं है।

जो इंसान अच्छा होता है वो दया करके इनको अपने पास बुला लेता है,

कुछ खाने को देता है और बदले में वो गरीब दुआ देता है।

ये आम लोगों की तरह कमाने के लिए पढ़ाई नहीं करते,

पर इसका ये मतलब नहीं की ये लोग जीने के लिए लड़ाई नहीं करते।

पर बड़ा मजा आता है जब पैसे देते वक़्त अमीर रोता और गरीब लड़की दुआ देकर हँसती है,

तब पता चलता है इस महंगे दौर में दुआएं आज भी सस्ती है "।

अब बताओ किसकी सुने।

46. अपाहिज

दिमाग कहता है–

" जब काम को आसान तरीके से करने की साज़िश करते हो,

तब खुद को और अपनी सोच को अपाहिज करते हो।

पर जो विकलांग हो उसकी जिंदगी संभल कहाँ पाती है,

खुद को दिलासा देता रहता है पर असल मे पूरी ज़िंदगी बदल जाती है।

रातों में घुटन के मारे वो सो नहीं पाता,

किसी को गले लगा कर रो नहीं पाता।

मान लेता है वो की अब ऐसा ही रह जाएगा,

बैठ जाता है ये कह कर की मेरा कुछ नहीं हो पाएगा "।

किस की सुने ?

दिल कहता है-

" क्या हुआ अगर अपने पैरों पे खड़े नहीं हो,

पर ज़िंदा हो अभी मरे नहीं हो।

अपाहिज शरीर नहीं अपाहिज सोच होती है,

जो तुम्हें इस सदमे से बाहर ला दे ऐसी भी एक सोच होती है।

तुम ये सोचते हो कि तुम चल नहीं सकते,

पर इसका मतलब ये तो नहीं की तुम कुछ कर नहीं सकते।

ये मत देखो की अब हाथों की लकीरें साथ नहीं है,

वो भी अपना गुजारा कर ले जाते है जिनके हाथ नहीं है "।

अब बताओ किसकी सुने।

47. दवाई

दिमाग कहता है–

" आज हर इंसान दवाई पे जीता है,

कोई बस गोली खाता है तो कोई दवा की पूरी बोतल पीता है।

लापरवाह हो कर लोग ठंड में हवा खा लेते है,

और एक खासी आने पर भी लोग दवा खा लेते है।

बीमारियों का क्या है किसी को 10 किसी को 12 है,

और ऐसे भी लोग है जिनके लिए दवा जीने का सहारा है।

हर बीमारी का इलाज दवा होती है,

और इसी लिए ये सबके घर मे जमा होती है "।

किस की सुने ?

दिल कहता है–

" कसरत नहीं कर सकते, हवा खा लेंगे,

और जब बीमार पड़ेंगे तो दवा खा लेंगे।

खुद पे नहीं पर पता नहीं एक गोली पे इतना ऐतबार क्यों है,

पता नहीं लोगों को दवा से प्यार क्यों है।

अभी दवा की आदत लगेगी,

फिर बाद में यही आफत लगेगी।

दवाखाने वाले का क्या है वो तो सिर्फ पर्चा बनाता है,

और आपको पता भी नहीं चलता और आपका खर्चा बढ़ जाता है "।

अब बताओ किसकी सुने।

48. लड़ाई

दिमाग कहता है–

“ अगर सफलता के शिखर पे तुम्हें चढ़ाई करनी है,

तो कभी खुद से कभी ज़माने से तुम्हें लड़ाई करनी है।

इस समाज मे लड़ना ज़रूरी है,

क्योंकि एक जगह खड़े नहीं रह सकते आगे बढ़ना ज़रूरी है।

जब खुद की बनाई इस छोटी सी दुनिया से बाहर जाओगे,

अगर खुद के हक़ के लिए नहीं लड़े तो हर जाओगे।

इसलिए अब ज़रूरत के साथ तुम भी संगर्ष कर लेना,

और अगर जीना चाहते हो तो थोड़ा लड़ लेना ”।

किस की सुने ?

दिल कहता है–

" किसी का हक़ मार कर आगे बढ़ के क्या मिलेगा,

जिसके काबिल नहीं हो उसके लिए लड़ के क्या मिलेगा।

जो पहाड़ तुम्हें गिरा दे उसपे चढ़ना नहीं चाहिए,

और बेवजह हर चीज़ के लिए तुम्हें लड़ना नहीं चाहिए।

अगर लड़ना है तो खुद से लड़ो,

खुद से ही जीतो और आगे बढ़ो।

किसी चीज़ को पाने के लिए गलत काम करना पड़े तो क्या फायदा,

और अगर किसी चीज़ के लिए लड़ना पड़े तो क्या फायदा "।

अब बताओ किसकी सुने।

49. चाँद

दिमाग कहता है–

अंधेरे में रोशनी का सम्मान है ये,

रात की शान है ये।

मीलों दूर है पर पास लगता है,

किसी को ये रात का ताज लगता है।

इसकी अलग ही चमक होती है अलग ही नूर होता है,

ऐसे ही थोड़ी लोगों को चाँद पे जाने का फितूर होता है।

कभी–कभी दिखते हो भगवान की मूरत कैसे हो तुम,

आये चाँद इतने खूबसूरत कैसे हो तुम ”।

किस की सुने ?

दिल कहता है–

चाँद भले चमकता है पर इसमें बड़े दाग है,

सब इसके दीवाने है पता नहीं इसमें ऐसी क्या बात है।

चाँद की चमक रात को रोशन करने के लिए ही दिखाई जाती है,

वो बात अलग है इसकी रोशनी भी सूरज से चुराई जाती है।

वैसे इसका ज़्यादा मोल नहीं है पर तब भी लोग किताबों में इसकी बात करते है,

बस करवाचौथ के दिन लोग इसको शिद्दत से याद करते है।

जब ग्रहण लगे तो चाँद उसके बाद नहीं आता,

आसमान में इतने तारे है पर चाँद किसी के साथ नहीं आता "।

अब बताओ किसकी सुने।

50. सूरज

दिमाग कहता है–

“ सूरज से जो मिली हमे भीषण गर्मी है,

ये कभी उसकी मर्जी तो कभी उसकी बेशर्मी है।

दिन भर आसामन में रहता है मुझे तो आवारा लगता है,

सिर्फ वापस जाते वक्त ही वो मुझे प्यारा लगता है।

ठंडी में ठंडी देना सूरज को रास नहीं आता,

चाँद तक पहुँच गए सब पर कोई इसके पास नहीं जाता।

आँखों में आँखे डाल कर सूरज को देख नहीं पाओगे,

और देखना भी मत वरना बाद में कुछ देख नहीं पाओगे ”।

किस की सुने ?

दिल कहता है–

" सूर्य देवता की नर्मी मिल जाए तो क्या कहना,

जनवरी के महीने में इनकी गर्मी मिल जाए तो क्या कहना।

ये तुम्हें रोशनी देकर उजाले पे विश्वास करवाते है ,

चाँद नहीं करवा सकता ये अपने होने का एहसास करवाते है।

हर सुबह सब इनको जल अर्पण करते है,

और हाथ जोड़ सब इनके दर्शन करते है।

हम जहाँ जाए सूरज हमारे साथ जाता है,

और यही वो शख़्स है जो अपने जाने के बाद रात लाता है " ।

अब बताओ किसकी सुने।

51. प्रकृति

दिमाग कहता है–

" हमारा हर भाव प्रकृति से जुड़ा है,

इसका हर भाग हमारी संस्कृति से जुड़ा है।

फूलों का ही हम पूजा में इस्तेमाल करते है,

और बड़े–बड़े पत्तों की हम घर मे थाल रखते है।

आज भी जड़ी बूटियों से सही हर रोग किया जाता है,

कागज़ हो या दरवाज़ा सब बनाने में लकड़ी का उपयोग किया जाता है।

हम पैदा होते है बड़े होते है और मर जाते है इसके आंगन में,

और सब सुखी रहते है इसके आलम में " ।

किस की सुने ?

दिल कहता है–

प्रकृति हमारी है पर हम इसका ध्यान नहीं रखते,

पूजते तो है इसे पर इसका सम्मान नहीं करते।

आलम बड़ा सुहाना था पहले आज पूरा दूषित है,

हवा हो या पानी आज सब प्रदूषित है।

अभी भी समय है रोक दो प्रदूषण वरना बाद में पछताओगे,

सांस लेना मुश्किल होगा, पानी तक नहीं पी पाओगे।

इसलिए इसकी बेकद्री ना करो इसका ख़्याल रखो,

इससे जो कुछ भी मिल रहा उसे संभाल रखो"।

अब बताओ किसकी सुने।

52. परिपक्वता

दिमाग कहता है–

" जीवन में परिपक्वता एक समय के बाद आती है,

कोई इसे लेकर पैदा नहीं होता ये बचपन के बाद आती है।

जब ये आए तब काफी चीज़ों को जाना पड़ता है,

सारी ज़िम्मेदारियों को निभाना पड़ता है।

जिसको ये समय के साथ नहीं मिली वो परेशान हो जाता है,

और अचानक से ज़िम्मेदारियों का सर पे जब भार हो जाता है।

यहाँ पे आके सब कुछ पीछे का छोड़ना पड़ता है,

अपने सपनो के घर को तोड़ना पड़ता है "।

किस की सुने ?

दिल कहता है–

" परिपक्कता हमे बताती है कि ज़िम्मेदार हो जाओ,

अब अपने बचपन की दुनिया से बाहर हो जाओ।

थोड़ी आज़ादी भी मिलती है यहाँ पर हमें यहाँ खुशियों में झूलना नहीं है,

कुछ काम भी मिला है परिपक्कता के साथ हमे वो भूलना नहीं है।

हर ज़िम्मेदारी पे अपना हाथ रखो,

पर बचपन के सपनों को भी साथ रखो।

अपनी क्षमता हमको परिपक्कता के दौर में दिखाना है,

जो ये कर ले जाए सच में उसका जीवन बड़ा सुहाना है "।

अब बताओ किसकी सुने।

53. पागल

दिमाग कहता है–

" जो बन्दा धोका खा के घायल होता है,

ज़मानें की नज़रों में ऐसा इंसान पागल होता है।

वो बस परेशान रहता है किसी चीज़ का जुनून नहीं होता,

उसकी ज़िन्दगी में कभी सुकून नहीं होता।

वो अपनी ही सोच में आगे बढ़ता रहता है,

उसका दिमाग बेवजह ही चलता रहता है।

ऐसे इंसानों का सफल कोई भी काम नहीं होता,

क्योंकि ये आगाज़ तो करते है हर काम का पर अंजाम नहीं होता "।

किस की सुने ?

दिल कहता है–

" जब कोई लक्ष्य को तरीके और सलीके से बन्धने के लिए तैयार होता है,

ऐसे लोगों पे पागलपन का भूत सवार होता है।

जहाँ से लोग चले जाए वहाँ ये खड़े होते है,

क्योंकि इनके सपने लोगों की सोच से बड़े होते है।

इन्होंने हवा में ही अपनी परेशानियों का जवाब देखा होता है,

इन्होंने खुली आँखों से ख्वाब देखा होता है।

ऐसे लोग अपनी ज़िंदगी को अपने हाथों से सजाते है,

उनको दुनिया पागल ही कहती है जो जीते जी इतिहास बनाते है "।

अब बताओ किसकी सुने।

54. इतिहास

दिमाग कहता है–

“ जिनमें जुनून होता है और ताकत होती है सपनो में,

ऐसे ही लोग आते है इतिहास के पन्नो में।

इतिहास का हिस्सा बनना आसान नहीं है,

इसमें आने वाला कोई भी बन्दा औरो की तरह सामान्य नहीं है।

ये लोग सबकी भलाई के लिए ज़हर का घूट भी पिया करते है,

इसलिए हमें इनसे प्यार होता है और ये मरने के बाद भी जिया करते है।

बात उनके रुदबे की नाहीं बात उनके काम की है,

ऐसे लोगों ने अपनी ज़िंदगी समाज और देश के नाम की है ”।

किस की सुने ?

दिल कहता है–

" तुम आम आदमी हो अभी तो क्या हुआ तुम काबिल नहीं हो सकते क्या,

इतिहास के पन्नो में क्या लगता है तुम शामिल नहीं हो सकते क्या।

ठान लो बस तो ये मुश्किल नहीं है,

और जो सुकून खोज रहा उसके लिए तो ये काम बिल्कुल नहीं है।

अपने लक्ष्य को हासिल करने के लिए पागल हो जाओ,

और रुकना मत भले इस सफर में तुम घायल हो जाओ।

कर सकते हो तुम भी ये सबको बता दो,

लग जाओ जुनून के साथ और इतिहास बना दो "।

अब बताओ किसकी सुने।

55. फूल

दिमाग कहता है–

" जब कोई इसकी खुशबू को महक जाए,

कोई चहक जाए तो कोई बहक जाए।

ये कभी अकेले तो कभी दस के जोड़ में है,

ये जन्में प्रकृति के गोद में है।

ये एक नहीं है इनके भिन्न प्रकार है,

और इतने सुंदर है कि सबको इनसे प्यार है।

तुम भी बनो फूल की तरह बस अपनी सुंदरता को गवाना मत,

बस समाज के प्रदूषण में आकर तुम मुरझाना मत " ।

किस की सुने ?

दिल कहता है–

" पौधे में ही इसकी ज़िन्दगी समाई होती है,

पर सुंदर बनने के लिए इसने भी की लड़ाई होती है।

इनका अस्तित्व नहीं अगर कोई इनके साथ ना हो

और ये मुरझा जाए अगर बरसात ना हो।

पौधों और पेड़ो के साथ इनको मिलना आता है,

कितने अच्छे है ये की सबको साथ मे जीना आता है।

किसी को तोहफे में दो तो ये दिलों को जोड़ लेते है,

और हम अपने स्वार्थ के लिए इन्हें तोड़ लेते है "।

अब बताओ किसकी सुने।

56. प्रेम विवाह

दिमाग कहता है–

“ प्रेम के चक्कर में जो पड़ जाता है,

वो उसी से शादी करने की ज़िद पे अड़ जाता है।

घर वालों के लिए तो लड़की अनजानी आएगी,

मजबूर है बेचारे कुछ कहेगें तो समाज मे बदनामी हो जाएगी।

प्यार किया शादी मत करो वरना पूरे समाज मे दंगा होगा,

सावली है, पंजाबी है, जात–पात का पंगा होगा।

यहाँ दो लोग एक दूसरे से प्यार करते है,

और ये समाज वाले इसमें भी जात धर्म का व्यापार करते है ”।

किस की सुने ?

दिल कहता है–

" कब छुप–छुप के मिलना ना पड़े अब आज़ादी हो जाए,

अब प्यार तो हो गया अब शादी हो जाए।

घर वाले मना करेंगे पर मना लेना,

उसको अपने साथी के बारे में बता देना।

घर वालों की सुनना मत उनकी हर रोज़ नई कहानी है,

शादी के बाद तो आखिर तुमको ज़िन्दगी बितानी है।

उसके साथ मैं कैसे बना लू रिश्ता जिस पे मैं ऐतबार नहीं करता,

क्यों करूँ उससे शादी जिससे मैं प्यार नहीं करता "।

अब बताओ किसकी सुने।

57. सुसंगत विवाह

दिमाग कहता है–

लड़की खोजना तुम्हारे लिए माँ–बाप का काम है,

आखिर तुम्हारे नाम के साथ जुड़ा उनका भी नाम है।

दोनों को सुंदर सुशील और गुणी कन्या की तलाश रहती है,

क्योंकि अगर बहु अच्छी ना हो तो परिवार की स्तिथि हताश रहती है।

परिवार और लड़की का स्वभाव सच्चा हो,

और समाज में उनका नाम अच्छा हो।

बस ऐसी लड़कियों की अगर थोड़ी आबादी हो जाए,

तब तो भैया इक्कीस साल के उम्र में ही सबकी शादी हो जाए ”।

किस की सुने ?

दिल कहता है–

" अपने हाथों से अपनी ज़िन्दगी की बर्बादी कर लूँ,

जो लड़की आपको पसन्द हूँ उससे शादी कर लूँ।

ज़िन्दगी का हर मैच जीता दो आप कोहली नहीं हो,

लडक़ी हीरा नहीं है आप जोहरी नहीं हो।

आप माँ–बाप हो मेरे पर जीवन मेरा है,

मुझे भी पता है क्या अंधेरा और क्या सवेरा है।

इसलिए मैं उसको लाऊंगा घर जिसपे ऐतबार करूँगा,

शादी भी उससे होगी मेरी जिससे प्यार करूँगा "।

अब बताओ किसकी सुने।

58. घर

दिमाग कहता है–

“ जहाँ सब रहे मिल जुल कर वो ही घर होता है,

बच्चों के लिए ये तो पूरा नगर होता है।

हर जगह उनका सम्मान होता है,

जिनका किराए का नहीं खुद का मकान होता है।

जो लोग घर से दूर रह कर घरवालों से बात करते है,

बता नहीं सकता वो घर को कितना याद करते है।

बड़ा हो या छोटा सबका यही सपना होगा,

किराए का नहीं एक दिन एक घर भी अपना होगा ” ।

किस की सुने ?

दिल कहता है–

" घर में ही दुख है घर मे ही खुशी है,

घर से सबकी बड़ी यादें जुड़ी है।

जो अमीर होकर बड़े बंगले की बात करते है,

वो लोग भी एक समय मे आकर घर को याद करते है।

घर से दूर रह कर कोई खुश नहीं रहता,

सर पे छत तो होती है पर सुख नहीं रहता।

जब घर अपना होता है उसको उससे प्यार होता है,

और जिसके पास खुद का घर उसका सुखी संसार होता है "।

अब बताओ किसकी सुने।

59. छात्रावास

दिमाग कहता है–

" अपनी खुशियों को आग कौन बनाना चाहता है,

घर छोड़ के छात्रावास कौन जाना चाहता है।

जब जाते है सब छात्रावास में,

ऐसा लगता है आ गए कारावास में।

माँ–बाप की तरह कोई यहाँ ज्ञान नहीं देता ,

मैं खुश हूँ या नहीं कोई ध्यान नहीं देता।

माँ–बाप इतना पैसा खर्च कर रहे इसलिए कहते हुए अच्छा नहीं लगता,

पर सच बताऊँ मुझे छात्रावास अच्छा नहीं लगता "।

किस की सुने ?

दिल कहता है–

" ज़िन्दगी ये अहम कसौटी होती है,

छात्रावास में रहना भी एक चुनौती होती है।

खुद समय से सो कर खुद जल्दी जगना पड़ता है,

यहाँ पे सारा काम खुद करना पड़ता है।

पर यहाँ भी दोस्त अच्छे बन जाते है,

जब अकेले रहना सीख जाते है तो हम भी दिल के सच्चे बन जाते है।

जो दोस्त यहाँ बनते है वो हमेशा साथ रहते है,

और जो बिछड़ जाए वो भी हमेशा याद रहते है " ।

अब बताओ किसकी सुने।

60. लंबी दूरी के रिश्ते

दिमाग कहता है–

“ उस प्यार का क्या फायदा जो मिले किश्तों में,

बड़ा दर्द होता है लंबी दूरी के रिश्तों में।

वैसे तो इस रिश्ते में दोनों का हक़ होता है,

पर कहीं ना कहीं दोनों को एक दूसरे पे शक होता है।

सौ मील दूर हो कर भी ये साथ में सोया करते है,

साथ मे ही हँस्ते और साथ में ही रोया करते है।

जिसको तुम्हारे सामने ना हो उसपे ऐतबार कैसे करते हो,

दूर रह कर किसी से प्यार कैसे करते हो ”।

किस की सुने ?

दिल कहता है–

" दूर है वो पर वो मेरे पास रहता है,

हमेशा उसके होने का एहसास रहता है।

थोड़ा शक भी करता हूँ पर ऐतबार भी करता हूँ,

मैं रोता हूँ उसकी वजह से पर उससे प्यार भी करता हूँ।

उसको देख नहीं पाता पर उससे बात करके अच्छा लगता है,

वो भले झूठा हो पर उसका प्यार सच्चा लगता है।

बस मुझ में इतनी हिम्मत रहे कि मैं उसपे ऐतबार कर सकूँ,

भले दूर रहूँ पर उससे प्यार कर सकूँ "।

अब बताओ किसकी सुने।

61. अध्यापक

दिमाग कहता है–

" हर बात में हमारी उंगली करते है,

और कहते है कि ये हमारी वो ज़िम्मेदारी है जो हम पूरी करते है।

घर वालों को लगता है कि हम में खोट है और इनको पढ़ाना आता है,

असल में बस छोटी–छोटी गलतियों के लिए इन्हें डांटना आता है।

कभी भी ये आ कर हमें हैरान कर देते है,

घर के लिए काम दे कर हमें परेशान कर देते है।

अगर ज्ञान लेना है इनसे तो इनकी राह पे चलना होगा,

क्योंकि आज हम शिष्य है कल अध्यापक बनना होगा "।

किस की सुने ?

दिल कहता है–

" खड़े रह कर हमको पढ़ाता है वो,

ज़िन्दगी की राह पे चलना सिखाता है वो।

हमें सफलता के शिखर पे देखने का उसका ख़्वाब है,

वो मिलता है हर जगह तब भी वो नायाब है।

जो नन्हें फूल है हम अभी वो चाहता है कि कमल हो जाए,

बस यही दुआ करता है वो की उसका पढ़ाया हर बच्चा सफल हो जाए।

कहीं वो हमें प्यार करे कहीं हमारा ताड़क होता है,

पर वो ही हमारी ज़िंदगी की गाड़ी का चालक होता है "।

अब बताओ किसकी सुने।

62. आत्मविश्वास

दिमाग कहता है–

" ये तुम्हारे अंदर है कि नहीं तुम्हें एहसास नहीं होगा,

ज़िन्दगी की हर जंग हार जाओगे अगर आत्मविश्वास नहीं होगा।

जब ये हो तो इंसान क्या कुछ ना कर जाए,

अकेले खड़ा हो कर ज़माने से भिड़ जाए।

हमेशा समाज के दबाव में आना कोई मजबूरी नहीं है,

हमेशा सभा मे शांत खड़े रहना भी ज़रूरी नहीं है।

इसलिए हमेशा खुद पे विश्वास रखो,

हमेशा आत्मविश्वास को अपने पास रखो "।

किस की सुने ?

दिल कहता है–

" अगर आत्मविश्वास नहीं होगा तो लोग तुम्हें मार देंगे,

छुएंगे नहीं बस ज़ुबान से तीखे वार करेंगे।

अगर तुम्हारे पास आत्मविश्वास हो तो तुम हर बात कह जाओगे,

और अगर नहीं तो उनकी गालिया भी सह जाओगे।

जिनके पास नहीं होता आत्मविश्वास वो लोग मर जाते है,

ज़माने के दबाव में आकर अक्सर मर जाते है।

जिसके पास हो आत्मविश्वास वो रंक हो के भी नवाब होगा,

किसी से डरेगा नहीं वो उसके वास हर सवाल का जवाब होगा "।

अब बताओ किसकी सुने।

63. पैसा

दिमाग कहता है–

“ आज के युग में कुछ ऐसा होता है,

ज्ञान बेकार विज्ञान बेकार गुणवान तो पैसा होता है ।

जिनके पास पैसा रहे उनकी अलग शान होती है,

आम लोगों की तरह नहीं रहते वो उनकी अलग पहचान होती है ।

ये लोग खून पसीना बहा कर पैसा कमाते है,

और इस चक्कर में ये लोग आराम भी नहीं कर पाते है ।

जब जेब में पैसा हो तो ये दिल मे उम्मीद रखते है,

अपने पास हमेशा ऐसे लोग मुरीद रखते है ” ।

किस की सुने ?

दिल कहता है–

" जो पैसा रहे तो साथ रहे इन जैसो का क्या करोगे,

जब कमा कर आराम नहीं कर सकते तो इन पैसों का क्या करोगे।

बेमतलब की भौकाल दिखाते हो तुम क्यों ऐसा करते हो,

जब दिखो बस तुम पैसा–पैसा करते हो।

तुम्हारी उम्र बढ़ा दे इसमें इतनी जान नहीं ,

आखिर में ये कागज़ का टुकड़ा है कोई भगवान नहीं।

तुम्हें लगता है कि तुम रहते हो लोगों के एहसास में,

कल जाकर उनसे कह दो की पैसे खत्म हो गए फिर कोई ना रहेगा पास में "।

अब बताओ किसकी सुने।

64. किस्मत

दिमाग कहता है–

" लोगों का ईमान बिक जाए अगर कीमत अच्छी हो,

तुम जो चाहो वो हो जाए अगर किस्मत अच्छी हो।

जो बड़े सपने देखे सिर्फ उसके हिस्से में ज़िल्लत नाम आती है,

और जिसके पूरे हो जाए तब सब कहेंगे कहीं–कहीं किस्मत काम आती है।

कौन अमीर कौन गरीब सब किस्मत की बात है,

कल जो अकेला था आज सब उसके साथ है।

जो सिर्फ आसमान को देख कर अपने दिन को रात करते है,

ये वही लोग है जो किस्मत की बात करते है "।

किस की सुने ?

दिल कहता है–

" अच्छी ज़िन्दगी कमानी पड़ती है ये तकदीर में नहीं होती ,

अच्छी किस्मत मुट्ठी में है ये हाथों की लकीर में नहीं होती।

किस्मत का जाप वहीं करते है जो काम नहीं करते,

सफल वही होते है जो आराम नहीं करते।

वो कुएं में गिर जाएंगे जो सिर्फ एक सोच को हाथ देते है,

भगवान भी उनका साथ देते है जो किस्मत का साथ देते है।

ना किसी चमत्कार से ना किस्मत की रहमत से,

इंसान अपना भविष्य बनाता है खूद की मेहनत से "।

अब बताओ किसकी सुने।

65. अंधेरा

दिमाग कहता है–

" क्या मोहब्बत नहीं है तुम्हें सवेरे से ,

क्या डर नहीं लगता तुम्हें अंधेरे से ।

जो नहीं चाहते हो वो हो जाओगे,

और अगर अंधेरे में रहोगे तो खो जाओगे ।

अंधेरा तो आँखों में पट्टी की तरह है किसी को दिखाई नहीं देता ,

अंधेरे में जो अपराध हो उसकी कोई गवाही नहीं देता ।

अपनी ज़िंदगी को फिर से सवार, आजाओ,

अब मत रहो अंधेरे में, बाहर आ जाओ " ।

किस की सुने ?

दिल कहता है–

" उजाले रंगीन होते है अंधेरा सच्चा लगता है,

पता नहीं क्यों पर अंधेरा अच्छा लगता है।

अंधेरा एक गलतफ़हमी की तरह है मुझे इससे बाहर नहीं आना,

जो मुझे यहाँ से निकलने पे मजबूर कर दे मुझे वो बात नहीं बताना।

गलत लोगों के बीच से तो अपना अलग बसेरा ही अच्छा है,

सवेरे से तो अंधेरा ही अच्छा है।

सवेरे में तो लोगों के जीने के ढंग दिख जाते है,

अंधेरा इसलिए पसन्द है क्योंकि उजाले में लोगों के रंग दिख जाते है "।

अब बताओ किसकी सुने।

66. संघर्ष

दिमाग कहता है–

" संघर्ष तो बस ज़िन्दगी का एक भाग है

मेहनत के गीत के साथ ये बस एक राग है।

संघर्ष वाली ज़िन्दगी आज सबके बस की बात नहीं ,

सफलता इसका ही परिणाम है कोई सौगात नहीं।

ज़िन्दगी में संघर्ष बड़ा ज़रूरी है,

क्योंकि कई इच्छाएँ पड़ी है जो करनी पूरी है।

जो संघर्ष नहीं करता वो क्या पाता है,

ज़िन्दगी की लड़ाई में वो हार जाता है " ।

किस की सुने ?

दिल कहता है–

" अगर सफल होना है कल तो आज संघर्ष करो,

जो छत मुश्किल लग रही उसको तुम अब फर्श करो।

जो बिना संघर्ष से जीतने का रास्ता बताते है,

वो बस खुद को सबके सामने बेवकूफ बनाते है।

आपका स्थान लोगों की नज़रो में आपका अर्श बताता है,

आपकी सफलता की कहानी भी आपका संघर्ष बताता है।

कामयाबी का रास्ता संघर्ष से होकर है,

जो कल मालिक होगा वो आज किसी का नौकर है "।

अब बताओ किसकी सुने।

67. भूखा

दिमाग कहता है–

“ जिसका बटुआ सूखा रहता है ,

वो आज के ज़माने में भूखा रहता है।

भूखा रहना आज मजबूरी है,

क्योंकि ज़िन्दगी की ज़मीन पे जो मेहनत की सिंचाई है वो अधूरी है।

आज के युग में सब की यही कहानी है,

आज सबको बस अपनी भूख मिटानी है।

अगर मेहनत की होती तो आज गले से सूखे नहीं होते,

अगर तब काम किया होता तो आज भूखे नहीं होते ” ।

किस की सुने ?

दिल कहता है–

" भूख सिर्फ खाने की नहीं होती,

कुछ ऐसी चीज़ों की भी भूख होती है जो दिखाने की नहीं होती है।

जब कुछ हासिल करने की भूख होती है,

तब रात में भी धूप होती है।

वो भूख जो मिट जाए तो सब हासिल हो गया,

जब जो चाहा वो पा लिया तब वो बन्दा काबिल हो गया।

उस भूख को पूरा करने से ज़िन्दगी का फूल खिल जाता है,

कुछ खोना ज़रूर पड़ता है और बहुत कुछ मिल जाता है "।

अब बताओ किसकी सुने।

68. रोना

दिमाग कहता है–

" जब हम अपनी ज़िंदगी का कुछ अज़ीज़ खोया करते है,

तब हम गले लग कर रोया करते है ।

रोने से मन हल्का हो जाता है क्या,

जो नुकसान आज हुआ वो कल का हो जाता है क्या ।

जब लोग अपने संघर्ष की कहानी बताते है,

वो लोग हँसते–हँसते भी आँसू बहाते है ।

वो मैल जो दिल मे है धूल नहीं जाएगा धोने से,

बात भुलाई नहीं जा सकती है रोने से " ।

किस की सुने ?

दिल कहता है–

“ वो लोग अपना कीमती वक़्त खो देते है,

जो बेवजह हर बात पर रो देते है।

रोने से क्या हासिल होता है,

रोने वाला इंसान क्या काबिल होता है।

जो हो गया वो हो गया उसे याद क्यों करे,

बेवजह उसके लिए अपने आँसू बर्बाद क्यों करे।

मुझे पता है किसी को खोने का दर्द आसान नहीं होता,

पर आखिर में ये बात भी सही है कि रोना परेशानी का समाधान नहीं होता ”।

अब बताओ किसी सुने।

69. उड़ना

दिमाग कहता है–

“ मुझे बताओ उड़ के कहा जाओगे,

ज़मीन के निवासी हो अंत मे यही आओगे।

हौसला भले हो पर सहारा नहीं है,

उड़ान सुखद रहे आसमान हमारा नहीं है।

उड़ते–उड़ते कही दूर ना निकल जाना,

सपने सुहाने ज़रूर होते है पर इनके भाव में तुम ना पिघल जाना।

आसमान में उड़ने का संगर्ष हमे पंछी बताते है,

भले आसमान में उड़े घोसला पेड़ पे ही बनाते है ” ।

किस की सुने ?

दिल कहता है–

" वो लोग सपने कम देखते है जो आसमान में उड़ा नहीं करते,

और जिन्होंने उड़ान भर ली वो फिर ज़मीन से जुड़ा नहीं करते ।

जो ज़माने की सोच के रास्ते से मुड़ जाते है,

वो लोग ही आसमान में उड़ पाते है ।

मुझे भी उड़ान भरनी है पर कोई संग नहीं है,

चाह तो रखता हूँ कि आसमान छू लूँ पर पंख नहीं है ।

पर मैं परिंदा बेजान हूँ पर आसमान मेरी प्रीत है,

पंख नहीं तो क्या हुआ, उड़ने की उम्मीद है " ।

अब बताओ किसकी सुने ।

70. आसमान

दिमाग कहता है–

" हम देख सकते है उसे पर मजबूर है,

सर के ऊपर है तब भी हमसे दूर है।

आसमान तो बादलों का घर है,

आसमान पंछियों का नगर है।

पर हम यहाँ भी अपनी बुरी आदतों का ईजाद कर रहे है,

अपनी हरकतों से हम इसे बर्बाद कर रहे है।

आसमान में रहना आसान नहीं है,

इसलिए ज़मीन पे खुश रहो हमारे हिस्से में आसमान नहीं है "।

किस की सुने ?

दिल कहता है–

" तारों का घर है पंछियों का सहारा है,

आसमान अपने आप में बड़ा प्यारा है।

आसमान में ही सूरज अपना सवेरा करता है,

और यही पे रात भर चाँद अपना बसेरा करता है।

इसी के दायरे में प्रकृति का हर अंग समाता है,

बरसात का पानी भी यही से आता है।

ये एक ही है अपनी आदतों से इसको ना खराब करो,

हमारे हिस्से में नहीं है पर हमारा ही है इससे भी प्यार करो "।

अब बताओ किसकी सुने।

71. सवाल

दिमाग कहता है–

" कभी खुशी है चेहरे पे कभी दिल मे मलाल है,

मेरा बस ज़िन्दगी से ये सवाल है।

की एक वक्त पे दो भावनाओं का मिलन कैसे होता है,

और जहाँ ये दोनों है वो बन्दा चैन की नींद कैसे सोता है।

यहाँ सबको बस अपने सवालों के जवाब चाहिए,

खुद नहीं खोजना किसी को बस सब को खुशियों का सहलाब चाहिए।

जब कुछ नहीं मिलता तो बवाल करते है,

खुद मेहनत नहीं करनी बस हर बात के लिए ऊपर वाले से सवाल करते है "।

किस की सुने ?

दिल कहता है–

“ अपनी सोच थी जब तो बवाल कैसा,

जब चुना ही तुमने था तो सवाल कैसा।

थोड़ा दिमाग चलाओ खुद खोज लो,

सवालों के जवाब खुद सोच लो।

बेवजह सबके दिल मे इतना मलाल क्यों है,

जब ज़िन्दगी तुम्हारी है तो आज सबसे सवाल क्यों है।

जब खुद जानकार नहीं तो सवाल मत करो,

खुद खोज लो वो बेहतर पर बेमतलब का बवाल मत करो ”।

अब बताओ किसकी सुने।

72. शर्म

दिमाग कहता है–

“ ज़िन्दगी में सिर्फ अच्छा कर्म रखो,

और अगर मुँह चौड़ा करके कुछ गलत कर रहे तो थोड़ी शर्म रखो।

शर्म हर इंसान का गहना होता है,

दिखता नहीं पर सब ने पहना होता है।

तुम्हें हर वक़्त देखती दुनिया सारी है,

तुम्हारी आँखों मे शर्म बताती है कि तुम्हें तुम्हारी इज़्ज़त कितनी प्यारी है

।

जब शर्म रहेगी तो कायदे में रहोगे,

हमेशा अपनी मान मर्यादा के दायरे में रहोगे ”।

किस की सुने ?

दिल कहता है–

" शर्म ज़िन्दगी में रुकावट की तरह है,

आम नहीं है पर अमावट की तरह है।

इंसानों में इससे भेद भाव भी हो जाता है,

सही या गलत के बीच मे इंसान कहीं खो जाता है।

अगर कभी कुछ गलत हो रहा होगा शर्म के मारे तुम सहोगे क्या,

और अगर हमेशा ऐसे रहने लगे गए तो किसी के नज़रों में अच्छे रहोगे क्या।

सबके सामने सर झुकाया मत करो,

अगर गलत नहीं हो तो शर्माया मत करो "।

अब बताओ किसकी सुने।

73. झूठ

दिमाग कहता है–

" सच तो बस नाम का होता है,

असल में झूठ बड़े काम का होता है।

झूठ बड़े–बड़े पंगो से आपको बचा लेता है,

कहीं पे झूट आपको लोगों की असलियत बता देता है।

सच बोलने वालों का भले गुणगान होता है,

पर झूठ सच से आसान होता है।

झूठ से कभी–कभी बड़ी आफत टल जाती है,

झूठ से कभी बिगड़ी बात भी बन जाती है "।

किस की सुने ?

दिल कहता है–

" झूठ से आप किसी का भरोसा तोड़ सकते हो,

झूठ बोल कर आप खुद का साथ छोड़ सकते हो।

झूठ बोल के भले तुम फायदे में रहते होगे,

पर उसके बाद तुम झूठी दुनिया के कायदे में रहते होगे।

किसी को मारना हो तो ज़हर का घूट काफी है,

और अगर किसी को अंदर से तबाह करना हो तो बस एक झूठ काफी है

।

झूठ बोलोगे तो कभी सच बोलना पड़ेगा,

जो किसी का दिल तोड़ दे वो राज़ खोलना पड़ेगा " ।

अब बताओ किसकी सुने।

74. ईमानदार

दिमाग कहता है–

" जिन में ये गुण है वो सफल तो है पर समाज में उनकी ज़्यादा शान नहीं है,

ईमानदार बनना भी आसान नहीं है।

ईमानदारी से किसी का फायदा नहीं होता,

बेईमानी में तो फायदे का दायरा नहीं होता।

या तो ऐश की ज़िंदगी जिओ और धन दौलत में शानदार बनो,

या बस एक जगह में खुश रहो और ईमानदार बनो।

ईमानदार का कोई गुणगान नहीं करता,

क्योंकि उसके पास पैसा नहीं है इसलिए कोई ज़्यादा सम्मान नहीं करता " ।

किस की सुने ?

किस की सुने ?

दिल कहता है–

" जो इंसान ज़िन्दगी में ईमानदार होता है,

उसका जीवन का हर एक पल शानदार होता है।

ईमानदार है जो उसकी हर खुशी असली होती है,

बेईमान के तो बंगले की हर ईट नकली होती है।

कुछ लोग है जो चंद पैसों के लिए अपना ईमान बेच देते है,

वो लोग अपनी पहचान बेच देते है।

बेईमान का क्या है उसको तो अपने गलत कर्म की हर बात सताती है,

इसलिए ईमानदार बनो कम से कम उनको नींद अच्छी आती है "।

अब बताओ किसकी सुने।

75. चोरी

दिमाग कहता है–

" यहाँ हर घर में लोग चोरी करते है,

ऐसे लोग किसी की चिंता थोड़ी करते है।

चोरी करना लोगों को बड़ा आसान लगता है,

ऐसे गलत काम मे ही लोगों का ध्यान लगता है।

थोड़े फायदे के लिए लोग कुछ भी कर सकते है,

ऐसे लोग किसी के पल्लू में भी पल सकते है।

अगर है हिम्मत तो सबके खिलाफ शोर बनो,

या बस दूसरों का हक़ मार के चोर बनो " ।

किस की सुने ?

दिल कहता है–

" अगर कुछ तुम्हारा नहीं है तो चोरी क्यों करते हो,

और जब पकड़े जाते हो तो सीना जोरी क्यों करते हो।

ऐसे लोग बेवजह का ज्ञान बकते है,

और पकड़े जाने पर एकदम से अनजान बनते है।

तुम जो चोरी करके सबका काम खराब करते हो,

तुम खुद का ही नहीं सबका काम खराब करते हो।

जो मिला है उसी में अपनी इच्छाओं को दबाना सीखो,

चोरी करने से अच्छा है कमाना सीखो "।

अब बताओ किसकी सुने।

76. आदर

दिमाग कहता है–

" अपने से बड़े का आदर करो,

उसके लिए अपने दिल मे सम्मान को उजागर करो।

तुमको लगता है कि सब हमारा आदर करते है,

असल में सब तुम्हारी दौलत पे मरते है।

संस्कारो ने यही सिखाया है कि बड़ो का आदर करना चाहिए,

बड़ो के लिए सम्मान आँखों मे दिखना चाहिए।

यहाँ जो अच्छा नही लगता उससे भी प्यार करना पड़ता है,

जो लायक ना हो उसका भी सम्मान करना पड़ता है " ।

किस की सुने ?

दिल कहता है–

" आदर उसका करो जो लायक हो,

जो सब की ज़िन्दगी के लिए जैसे नायक हो।

सम्मान सबका नहीं किया जाता,

जो सम्मान के लायक नहीं उनसे सम्मान नहीं लिया जाता।

किसी का सम्मान करने की एक वजह होती है,

ये सिर्फ उनका करो जिनसे वफ़ा के बदले में हमें मिली वफ़ा होती है।

इसलिए आदर करो आदर के मान का,

सिर्फ उसका करो जो हकदार है सम्मान का" ।

अब बताओ किसकी सुने ।

77. भागना

दिमाग कहता है–

" भाग जाओ तो क्या बच जाओगे,

वरना मायाजाल में अटक जाओगे।

जो लोग ज़िन्दगी में हार जाते है,

वो लोग हर जगह से भाग जाते है।

ऐसे लोग अपने अभिमान की बड़ी चिंता करते है,

ऐसे लोग अपमान से बड़ा डरते है।

ऐसे लोगों का आसान रास्ते के तरफ ही ध्यान लगता है,

ऐसे लोगों को भागना आसान लगता है " ।

किस की सुने ?

दिल कहता है–

" या तो कायर बनो और भाग जाओ,

या तो आँखें खोलो और जाग जाओ।

जो लोग ज़िन्दगी की रणभूमि से भाग जाते है,

ऐसे लोग समाज के लिए डरपोक कहलाते है।

सब याद रखेंगे की बुरे वक्त में तुम वहाँ खड़े तो थे,

हार गए तो क्या हुआ कम से कम लड़े तो थे।

इसलिए मुश्किलों से भाग कर कहा अपना घर बसाओगे,

और खुद से भागोगे तो कहाँ जाओगे "।

अब बताओ किसकी सुने।

78. प्यार दिखाना

दिमाग कहता है–

" जो लोग आपके साथ रहने का दावा करते है,

वो लोग बस प्यार करने का दिखावा करते है।

प्यार दिखाने की चीज़ नहीं है,

और अगर दिख रहा है तो तुम्हारा साथी तुम्हारे लिए अज़ीज़ नहीं है।

प्यार अदृश्य है बस महसूस होता है,

प्यार जब छुपा रहता है तभी वो रिश्ता महफूज़ होता है।

बेवजह प्यार दिखाना अच्छा है क्या,

मुझे बताओ प्यार दिखाने वाले का प्यार सच्चा है क्या "।

किस की सुने ?

दिल कहता है–

" जब दिल और दिमाग में प्यार भटकता है,

तब दिखावे से नहीं छोटी–छोटी हरकतों से प्यार झलकता है।

जो प्यार दिखाए ज़रूरी नहीं है वो प्यार करता होगा,

क्या पता कि वो बस आपसे अपने फायदे के लिए प्यार करता होगा।

प्यार एक एहसास है दिखता नहीं है,

ये अमूल्य है, बाज़ारों में बिकता नहीं है।

प्यार जब दिखने लगे तो शहर को खबर लग जाती है,

दिखावे के प्यार को अक्सर नज़र लग जाती है " ।

अब बताओ किसकी सुने।

79. सपना

दिमाग कहता है–

" जो लोग बस सपने सजाते है,

वो लोग खुद को बेवकूफ बनाते है।

सपना बड़ा सुहाना होता है,

पर इसका लक्ष्य आपको बस आपकी राह से भटकाना होता है।

अगर उम्मीद बना रखी है सपनों से,

तो ये ना सोचो की हौसला मिलेगा अपनो से।

जब सपने पूरे नहीं होते हम रूठ जाया करते है,

इसलिए सपने ना देखो सपने टूट जाया करते है "।

किस की सुने ?

दिल कहता है–

" हर बन्दा सपनों की गाड़ी में सवार है,

आज हर बन्दे को अपने सपने से प्यार है।

कोई सपना हमे हमारे लक्ष्य से अलग होने नहीं देता,

और कभी–कभी तो सपना ही हमे सोने नहीं देता।

ये ना सोचो कि किसी के ख़्वाब अधूरे होंगे,

अगर चाहोगे तो सारे सपने पूरे होंगे।

बस जो सपना पूरा करने में आपका साथ दे वो अपना होगा,

बस खुद भी विश्वास रखो हर सपना पूरा होगा " ।

अब बताओ किसकी सुने।

80. बुरा सपना

दिमाग कहता है–

“ कुछ सपने आप को अंदर से झिंझोर देते है,

आपको अंदर ही अंदर तोड़ देते है।

उसके बाद आपको रोने से डर लगता है,

ये इतने भयानक होते है कि आपको सोने से डर लगता है।

हमें लगता है कि ये हमें आने वाली अनहोनी के बारे में बता देते है,

और इसी सोच की वजह से हमें ये डरा देते है।

इसको राज़ रखना पड़ता है हमे किसी को ये बताना नहीं होता,

पर इससे ये बात साफ हो जाती है कि हर सपना सुहाना नहीं होता ”।

किस की सुने ?

दिल कहता है–

" बेवजह आँखें भरो मत,

सपने से डरो मत।

क्या हुआ हर सपना अगर अच्छा नहीं होता,

ये भी ध्यान रखो हर सपना सच्चा नहीं होता।

डरावने सपने सबको आते है,

वो बस हमे आने वाले खतरों से सतर्क करवाते है।

इसलिए आराम से सो जाओ ये मत सोचो कि जगना है,

और अगर डर लगे तो बस ध्यान रखना कि ये सपना है "।

अब बताओ किसकी सुने।

81. मुकाबला

दिमाग कहता है–

" मुकाबला ज़िन्दगी का हिस्सा हो चुका है,

कभी ना भुलाया जाए ऐसा किस्सा हो चुका है।

मुकाबले के बिना ज़िन्दगी अधूरी सी लगती है,

आज के युग मे इसकी उपस्थिति ज़रूरी सी लगती है।

कोई जीत जाता है कोई हार जाता है,

जो हार जाता है वो मुकाबले से बाहर जाता है।

अब हर क्षेत्र में मौजूद ये बला है,

पढ़ाई हो या खेल कूद हर जगह मुकाबला है "।

किस की सुने ?

दिल कहता है–

" मुकाबला आया नहीं हमने बनाया है इसे,

अपनी मेहनत और प्रतिस्पर्धा से हमने सजाया है इसे।

पर हार जीत के पीछे क्यों पड़ते हो,

किसी और से मुकाबला क्यों करते हो।

खेलो, कूदो जम के पढ़ाई करो,

और आईने के सामने जाकर जो आईने में दिखे उससे लड़ाई करो।

अगर जीत गए तो खुद से जीतोगे,

और हारने का गम नहीं होगा तब बस अपनी गलतियों से सीखोगे "।

अब बताओ किसकी सुने।

82. मशहूर

दिमाग कहता है–

" आज जिसके पास ताकत होती है और पैसा भरपूर होता है,

वो ज़माने में बड़ा मशहूर होता है।

वो इंसान बड़ा ही चर्चित होता है,

हर इंसान उससे परिचित होता है।

ऐसे लोग हमेशा सब के ध्यान में होते है,

ऐसे लोगों की आँखें ज़मीन पे और पैर आसमान में होते है।

मशहूर इंसान हमेशा फायदे में रहता है,

हर बन्दा उसके साथ कायदे में रहता है " ।

किस की सुने ?

दिल कहता है –

" मशहूर होने से बताओ क्या मिलता है,

मिट्टी में जो पैदा होता है वो आखिर मिट्टी में ही मिलता है।

मशहूर इंसान बस नाम की बात है,

ये खोखले सम्मान की बात है।

जो इज़्ज़त कमाए उसमे कुछ बात होती है,

मशहूर हो या अमीर हमेशा ऐसी ही संगत उसके साथ होती है।

जो बलवान को मशहूर समझे वो आज की सोच से दूर है,

ऐसे तो आज के ज़माने में कई गुनहगार भी मशहूर है "।

अब बताओ किसकी सुने।

83. इच्छा

दिमाग कहता है–

“ आज के ज़माने में सबकी ये परीक्षा होती है,

जब इंसान को कुछ पाने की इच्छा होती है।

इच्छाओं का कभी अंत नहीं है,

और किसी को किसी भी चीज़ की इच्छा ना हो आज कोई ऐसा संत नहीं है।

इच्छाएँ जब अच्छी हो तो ज़िन्दगी संभल जाती है,

कई दफ़ा इच्छाओं के रूप में तो ज़िन्दगी बदल जाती है।

ज़रूरी नहीं है कि हर इच्छा ज़रूरी हो,

और अगर कोई ज़रूरी है तो मनाओ वो पूरी हो ” ।

किस की सुने ?

दिल कहता है–

" इच्छा तो हर चीज़ की होती है,

बेमतलब की होती है अज़ीज़ की होती है।

जो कहते है सब होता है भगवान की इच्छा से,

वो बिछड़ गए है आज की शिक्षा से।

जो चाहो वो पा लो इतना आसान नहीं है,

बिना महनत के माँगने वालों के पास भगवान नहीं है।

हर इच्छा पूरी नहीं होती भले इच्छा का भाव उनको सच्चा लगता है,

ऐसे तो लोगों को ताज महल भी अच्छा लगता है "।

अब बताओ किसकी सुने।

किस की सुने ?

84. न्याय

दिमाग कहता है –

" आज फैसला होता है सौ लोगों की राय से,

आज लोग दूर होते जा रहे है न्याय से।

सब कहते है कि आज इंसाफ होता है,

न्याय के नाम पे यहाँ मज़ाक होता है।

आज के युग में अपराध आबाद है,

क्योंकि लोग देख नहीं रहे कि अपराधी आज़ाद है।

आज के युग में भले अपराध दिख जाता है,

पर अफ़सोस आज के युग मे इंसाफ बिक जाता है "।

किस की सुने ?

दिल कहता है–

" जिसने गुनाह किया उसके साथ इंसाफ मत करो,

जिसने गुनाह किया उसको माफ़ मत करो।

इंसाफ की आग को राख बना रखा है,

आज न्याय के नाम पे बस मज़ाक बना रखा है।

हर दिन कोई अन्याय लेकर घर जाता है,

जिसने इंसाफ की गुहार लगाई वो लड़ते–लड़ते मर जाता है।

आज संगीन अपराध भी माफ़ हो जाता है,

और नोटों की गड्डी के नीचे इंसाफ हो जाता है " ।

अब बताओ किसकी सुने।

85. अन्याय

दिमाग कहता है–

" आज के ज़माने में ये भरपूर है,

क्योंकि आज के कायदे में इंसान मजबूर है।

आज इंसान अन्याय देख लेता है,

और पैसे की राख मुँह पे लगा कर अपना ईमान बेच देता है।

न्याय–अन्याय के लिए हम लड़ते चले जाते है,

और गुनहगार अपना काम करते चले जाते है।

आज इंसाफ माँगने से इंसान डरता होगा,

अन्याय को सच मान कर रोज़ मरता होगा " ।

किस की सुने ?

दिल कहता है–

" आज के ज़माने में अन्याय मशहूर है,

और इंसाफ आज लाचार है मजबूर है।

अन्याय सबको बड़ा अच्छा लगता है,

न्याय के लिए लड़ने वाला सब को बच्चा लगता है।

न्याय से सबको प्यार है,

पर वो बात अलग है की आज अन्याय का व्यापार होता है।

आम आदमी आज इंसाफ का हकदार है,

पर अफ़सोस कहीं ना कहीं आज हर इंसान गुनहगार है " ।

अब बताओ किसकी सुने।

86. सज़ा

दिमाग कहता है–

" सज़ा से आज सब डरते है,

इसके खौफ़ में आज काफी लोग अपना काम करते है।

ये शारीरिक और मानसिक तनाव देती है,

सही तरीके से हर काम को पूरा करने के लिए दबाव देती है।

सज़ा से इंसान सुधर जाता है,

उसके बाद जो सही रास्ता हो वो सिर्फ उधर जाता है।

गलती करने पे जब तक सज़ा का हाहाकार रहेगा,

जब तक लोग सुधरेंगे नहीं, सज़ा का खौफ़ बरकरार रहेगा "।

किस की सुने ?

दिल कहता है–

" किसने कहाँ सज़ा से इंसान सुधर जाता है,

सज़ा की जिल्लत के बाद इंसान पूरा भिखर जाता है।

सज़ा से डरने का क्या फायदा,

सज़ा के डर से काम करने का क्या फायदा।

गुनहगार को सही गुणों का एहसास करवाओ,

उसे उसकी गलती का एहसास करवाओ।

इसलिए सज़ा मिले ऐसा काम मत करो,

बेवजह खराब अपना नाम मत करो " ।

अब बताओ किसकी सुने।

87. किताब

दिमाग कहता है–

" ये सबके पास होती है,

इसके अंदर जो ज्ञान होता है उसकी सबको वयास होती है।

आज कल लोग इसका सम्मान नहीं करते,

एक जगह रख देते है बस इसका ध्यान नहीं रखते।

किताब से कई लोग प्यार करते है,

और कई लोग इसका व्यापार करते है।

इसके अंदर जो भी है हिसाब से बना है,

इसके अंदर का हर हिस्सा ज्ञान के महासागर के सहलाब से बना है "।

किस की सुने ?

दिल कहता है–

" किताब का साथ सबसे अच्छा होता है,

क्योंकि इसका साथ बहुत सच्चा होता है।

ये अन्य लोगों की तरह आपका बुरे समय में हाथ नहीं छोड़ती,

आप इसे छोड़ दो, ये आपका साथ नहीं छोड़ती।

ये बचपन से आपके साथ है,

आप जो भी हो इसमें किताब का बड़ा हाथ है।

किताब का हमेशा सम्मान होता है,

चंद पन्नों में बंद करोड़ो का ज्ञान होता है "।

अब बताओ किसकी सुने।

किस की सुने ?

४४. कलम

दिमाग कहता है–

“ ये १० की भी उपलब्ध है और १०००० कि भी मिलती है,

जितने की भी हो ये सारी एक जैसी दिखती है।

इसके जहान में मुरीद बहुत है,

दिन जो भी हो इसकी खरीद बहुत है।

पर इसका साथ एक वक्त तक रहता है,

और ये बड़े ज़ख्म बड़े झटके सहता है।

ये कलम है लिखना इसका काम है,

दिखने में जैसी हो समाज मे इसका बड़ा नाम है ” ।

किस की सुने ?

दिल कहता है–

" कलम में बड़ी ताकत है,

समाज के दुश्मनों के लिए ये बड़ी आफ़त है।

कलम किसी को उसकी औकात दिखा सकती है,

जीते हुए व्यक्ति को पल भर में हरा सकती है।

ये एक रंग में नहीं ये रंगीन है,

उसको हलाल कर दे ये जिसके अपराध संगीन है।

लेखक तो इसके सहारे सफलता की चट्टानों औए चढ़ाई करते है,

हाथ में लेकर कलम पूरी दुनिया से लड़ाई करते है " ।

अब बताओ किसकी सुने।

89. भावनाएं

दिमाग कहता है–

" कभी–कभी लोग कुछ भी कह जाते है,

ऐसे लोग बस भावनाओं में बह जाते है।

भावनाएं दिल मे हज़ार रखे है,

किसी के लिए नफ़रत किसी के लिए दिल मे प्यार रखे है।

कहीं पे खुशी है कहीं पे सांतवना है,

ये सब बस अलग–अलग प्रकार की भावना है।

आज किसी को नफ़रत है किसी को प्यार है,

ये सब कुछ और नहीं बस भावनाओं का व्यापार है " ।

किस की सुने ?

दिल कहता है –

" जज़्बातों को लोगों ने राख समझ लिया है,

भावनाओं को आज के युग ने मज़ाक समझ लिया है।

आज लोगों को भावनाओं की कद्र नहीं है,

क्योंकि आज लोगों को किसी चीज़ का सब्र नहीं है।

भावनाएं जब असली हो तो अच्छी होती है,

और उसकी कद्र करना जब वो सच्ची होती है।

इसलिए अपने दिल पे जादू कर लो,

अपनी भावनाओं को काबू कर लो " ।

अब बताओ किसकी सुने।

90. रास्ता

दिमाग कहता है–

" रूबरू रहो हमेशा उस रास्ते से,

जो तुम्हें रखे तुम्हारे वास्ते पे।

याद रखना तुमने वादे किए है,

जीतने के नेक इरादे किए है।

जब कहीं भी गलत तुम्हारा कर्म होगा,

जान जाओ वही पर तुम्हारा रास्ता खत्म होगा।

रास्ते पे रहो हमेशा क्योंकि मंज़िल बहुत ज़रूरी है,

अभी चलते रहो क्योंकि ये मजबूरी है "।

किस की सुने ?

दिल कहता है–

“ रास्ते से जानकार रहना,

हर कदम पे होशियार रहना।

हम कभी–कभी चलते जाते जा और रास्ता दिखाई नहीं देता,

लोग आवाज़े लगाते है पर हमें कुछ सुनाई नहीं देता।

खुद पे भी भरोसा रखो सिर्फ रास्तो पे नहीं,

मंज़िल पे नज़र रखो किए हुए वास्तव पे नहीं।

क्योंकि गलत राह हमे दिखती नहीं,

और इसपे चलना फ़िज़ूल है क्योंकि ये मंज़िल से मिलती नहीं ”।

अब बताओ किसकी सुने।

किस की सुने ?

91. प्रभाव

दिमाग कहता है–

" कोई ज़मीन से जुड़ा रहता है किसी में बड़ा ताव रहता है,

और इसी तरीके का हमारा लोगों पे प्रभाव रहता है।

हमेशा देखते रहो की कैसे दिखते हो,

किससे कब और कैसे मिलते हो।

हर इंसान पे आपका अच्छा प्रभाव ज़रूरी है,

जिस पे है उसके दिल में आपके लिए इज़्ज़त पूरी है।

हर इंसान पे अच्छा प्रभाव रहे,

तो आपके चरित्र पे सुख के पेड़ों की छाव रहे " ।

किस की सुने ?

दिल कहता है–

" हमेशा हमारे दिमाग में ये तनाव रहता है,

की हमारा किस पे कैसा प्रभाव रहता है।

किसी का देखना हमें क्यों सता रहा है,

ज़िन्दगी हमारी है जब तो समाज क्यों चला रहा है।

ज़िन्दगी हमारी हम दूसरों के हाथों में दे रहे है,

हम बस उनके ज़ुल्म सह रहे है।

हमारी सोच की वजह से ही हमारे दिमाग में तनाव बढ़ता है,

हमारे रहन–सहन से नहीं हमारे चरित्र का लोगों पे प्रभाव पड़ता है " ।

अब बताओ किसकी सुने।

92. गुमान

दिमाग कहता है–

“ अगर ज़िन्दगी में हद से ज़्यादा गुमान होगा,

तो किसी ना किसी मोड़ पे आपका अपमान होगा।

गुमान भी कायदे में करना ,

समाज के दायरे में करना।

ज़्यादा गुमान हो जब तो ध्यान रखो,

अगर तलवार एक हो तो एक ही म्यान रखो।

इसलिए सबसे कहूँगा की ध्यान दे,

बड़ा हल्का फर्क है सम्मान और गुमान में ” ।

किस की सुने ?

दिल कहता है–

" अगर जीते हो तो गुमान करो,

पर सामने वाले का हमेशा सम्मान करो।

जिसके ज़हन में गुमान का कतरा होता है,

उसको समाज से खतरा होता है।

क्योंकि गुमान आपके गर्व को सवार देता है,

और जब ये ज़्यादा हो जाये तो आपको मार देता है।

इसलिए ध्यान रहे ज़्यादा गुमान ना हो,

पहचान बरकरार रहे पर ये बेमतलब की शान ना हो "।

अब बताओ किसकी सुने।

किस की सुने ?

93. बारिश

दिमाग कहता है–

" जुलाई के महीने से इस मौसम की चर्चा होती है,

और सब को तभी चैन आता है जब वर्षा होती है।

कभी–कभी ये बेमौसम रोज़ आती है,

कभी जब सोचा हो की आज ना हो तब ये हो जाती है।

इसके आने से पहले बादल गरजते है,

कभी बूंदा–बांदी होती है कभी जम के बरसते है।

इसका होना ज़रूरी है,

क्योंकि हमारी कई ज़रूरते इससे ही होती पूरी है "।

किस की सुने ?

दिल कहता है–

" इसकी माँग होती है हाथ जोड़ के सिफ़ारिश होती है,

लोग झूम उठते है जब बारिश होती है।

बारिश किसानों के लिए वरदान जैसी है,

उनकी ज़मीनों के लिए ये अभिमान जैसी है।

बारिश से इनकी ज़रूरते पूरी होती है,

इसलिए इनके लिए ये सबसे ज़रूरी होती है।

ये समय–समय पे हो तो अच्छा हो,

और ज़्यादा ना हो तो अच्छा हो "।

अब बताओ किसकी सुने।

94. कोहरा

दिमाग कहता है–

" ठंड के मौसम में ये आता है,

और ये हर जगह छा जाता है।

लोग यहाँ अंधे हो जाते है,

शीत के पानी से गंदे हो जाते है।

कोहरा घातक होता है,

सड़क पे चलने वालों के लिए आफ़त होता है।

ये कभी–कभी ज़िन्दगी में भी होता है,

जिसकी ज़िन्दगी में कोहरा हो वो बस दिन भर रोता है "।

किस की सुने ?

दिल कहता है–

“ कुछ एक नहीं रहता सब दोहरा होता है,

सब धुंधला दिखता है जब कोहरा होता है।

पर इससे डरो मत ये आता–जाता रहता है,

ये बस तुम्हें सताता रहता है।

जब मौसम में इसका कतरा होता है,

तो ये सबके लिए बड़ा खतरा होता है।

पर ये बस कुछ पल की बात होती है,

ये चला जाता है जब सूरज की किरणों की बरसात होती है ” ।

अब बताओ किसकी सुने।

95. गर्मी

दिमाग कहता है–

" इस मौसम में सूरज की बेशर्मी होती है,

इंसान जल जाए इतनी गर्मी होती है।

गर्मी का मौसम बड़ा अजीब लगता है,

अमीर भी पसीने में नहा कर गरीब लगता है।

पंखा, कूलर सब चलता रहता है,

तापमान तब भी बढ़ता रहता है।

ये मौसम शरीर को जला सकता है,

सूरज की ताकत बता सकता है "।

किस की सुने ?

दिल कहता है–

" गर्मी के भी बड़े फायदे है,

इस मौसम में क्या नियम क्या कायदे है।

गर्मी की छुट्टी का किसको इंतेज़ार नहीं है,

वो बर्फ के गोले वाले भैया से किसको प्यार नहीं है।

वो फल पहले बाद में कोई काम आता है,

खाने से पहले और खाने के बाद जब आम आता है।

बच के रहो पर गर्मी से,

अपनी त्वचा को संभालो नर्मी से "।

अब बताओ किसकी सुने।

96. सर्दी

दिमाग कहता है–

" सर्दी का मौसम अच्छा नहीं होता,

घर मे बन्द हो जाना अच्छा नहीं होता।

इस मौसम में नींद नहीं आती है,

यहाँ दिन छोटे होते है रात लम्बी हो जाती है।

सर्दी में कम्बल से प्यार हो जाता है,

हीटर पे हमें ऐतबार हो जाता है।

पर सर्दी में काम करने का मन नहीं करता ,

बिस्तर को छोड़ कर कहीं जाने का मन नहीं करता " ।

किस की सुने ?

दिल कहता है–

" सर्दी का मौसम बड़ा खराब सा है,

पानी छू लो तो लगे बर्फ के सहलाब सा है।

सर्दी में लोग पानी से मरते है,

इस मौसम में लोग नहाने से डरते है।

नहाने का सोच के रहने देते है,

कपड़े उतार के पहन लेते है।

फिर सोचते है अब नहाए कैसे,

घर वालों को बताए कैसे "।

अब बताओ किसकी सुने।

97. कच्चा

दिमाग कहता है–

" भले सुंदर हो पर किसको सच्चा लगता है,

जब कुछ कच्चा हो तो किसको अच्छा लगता है।

कच्चा होता है जो रिश्ता उसपे कोई ऐतबार नहीं करता,

कच्चा–पक्का हो जाए आज के ज़माने में कोई इतना इंतज़ार नहीं करता।

कच्चे धागे रिश्ते के टूट जाते है,

और तब हमारे अपने भी रूठ जाते है।

इसलिए आखिर उसका क्या सम्मान है,

अगर वो कच्चा है रिश्ता तो उसका क्या मान है "।

किस की सुने ?

दिल कहता है–

" अगर रिश्ता कच्चा हो तो वहाँ बड़ी नर्मी रखो,

पर उसको पक्का करने के लिए थोड़ी गर्मी रखो।

पर वो रिश्ता सबसे अच्छा होता है,

जो पक्का होने से पहले कच्चा होता है।

इस रिश्ते में कोई हुस्न की बला नहीं होती और कोई मर्द नहीं होता,

और अगर ये टूट भी जाए तो दर्द नहीं होता।

जिसका पक्का हो रिश्ता वो भी कोई नवाब नहीं होता,

और अगर कच्चा हो तो वो भी खराब नहीं होता "।

अब बताओ किसकी सुने।

98. नींद

दिमाग कहता है–

" जिनको कुछ नहीं करना उनके लिए ये है आराम की तरह,

और जिनको कुछ नहीं करना उनके लिए ये है हराम की तरह।

ये सबको आती है,

एकदम अचानक से ये आँखों और दिमाग में छा जाती है।

नींद सबके लिए ज़रूरी है,

क्योंकि वो कुछ कर नहीं पाते जिनकी नींद अधूरी है।

इसलिए दिन में भले खो जाया करो,

बस रात में समय से सो जाया करो "।

किस की सुने ?

दिल कहता है–

" नींद किसको नहीं आती,

ये किसको नहीं भाती।

पर कुछ लोग ज़्यादा ही सोते है,

ऐसे लोग बड़े आलसी होते है।

नींद का क्या है वो आती रहेगी,

तुम्हें ज़रूरी समय पे सताती रहेगी।

इसलिए जो मेहनती है उसको सोना प्यारा है,

और जो आलसी है उसको भी सोना प्यारा है " ।

अब बताओ किसकी सुने।

99. बीमारी

दिमाग कहता है–

" सब मुश्किल होता है ये जब लगी होती है,

बीमारी कभी छोटी होती है कभी बड़ी होती है।

ये उड़ जाए हवा के साथ कोई राख नहीं है,

इसको हल्के में ना लेना ये मज़ाक नहीं है।

बीमारी जब वार करती है,

कभी–कभी कुछ नहीं होता कभी–कभी मार देती है।

इसलिए हमेशा अपना ध्यान रखो,

बीमारी के नुकसान से सबको सावधान रखो "।

किस की सुने ?

दिल कहता है –

" जब लोग किसी वजह से बीमार हो जाते है,

तब ये आलस की गाड़ी में सवार हो जाते है।

बीमारी अगर कहे तो सिर्फ बहाना है,

असल मे बस किसी को काम करने नहीं जाना है।

सावधान रहो तो बीमार नहीं होगे,

और फिर आलस का शिकार नहीं होगे।

बस आराम करना हम ठान लेते है,

क्योंकि हम बीमारी को दिल से मान लेते है " ।

अब बताओ किसकी सुने।

100. आज़ादी

दिमाग कहता है–

" अगर गिने इस जहाँ में तो आबाद हो,

पर मुझे बताओ क्या तुम आज़ाद हो।

आज कोई वो नहीं करता जो उसको सच्चा लगता है,

आज लोग ज़बरदस्ती वो काम करते है जो समाज को अच्छा लगता है।

आज़ादी बस आज नाम की है,

आराम की ज़िंदगी आज हराम की है।

कहते है खुद को की आज़ाद है हम,

असल मे आज बस बर्बाद है हम "।

किस की सुने ?

दिल कहता है–

" आज संख्या में आबाद है हम,

खुली हवा में सांस ले सकते है इसलिए आज़ाद है हम।

आज कुछ भी करो कोई रोकता नहीं ,

गलत हो या सही कोई टोकता नहीं।

लोगों को लगता है कि हम बर्बाद है,

अरे भैया हम तो दिल से आज़ाद है।

बस यही दुआ है कि सब आज़ाद रहे,

सबके पास खुशिया आबाद रहे " ।

अब बताओ किसकी सुने।

101. संविधान

दिमाग कहता है–

“ हर देश की ये जान बना है,

आज हर देश का संविधान बना है।

संविधान का हर देश सम्मान रखता है,

क्योंकि संविधान ही देश की पहचान बनता है।

आज संविधान हर जगह लागू में है,

इसलिए सब कुछ आज काबू में है।

अगर आज देश हर जगह शान से है,

तो ये मुमकिन सिर्फ हमारे संविधान से है ”।

किस की सुने ?

दिल कहता है–

“ आज संविधान का आदर कौन करता है,

खुद को सब देशभक्त कहते है पर इसका पालन कौन करता है।

आज सब नियमों को तोड़ते है,

आज सब संविधान का साथ छोड़ते है।

संविधान बने साल हो गए ,

जिराने बनाया वो भारत के लाल हो गए।

पर आज संविधान का सम्मान नहीं है,

सबको खुद की पड़ी है किसी को देश का ख़्याल नहीं है ” ।

अब बताओ किसकी सुने।

102. खेलना

दिमाग कहता है–

" आज खेलने का कोई फायदा नहीं है,

आज खेल का कोई कायदा नहीं है।

आज तो ज़माना भी कहता है की पढ़ लिख कर बन्दा होशियार बनता है,

इनके हिसाब से खेलने कूदने वाला तो बेकार बनता है।

खेलने से वक़्त ज़ाया होता है,

वो वक़्त की कद्र नहीं करते जिनका मन इन सब जगाहों पे समाया होता है।

पढ़ना लिखना अच्छा होता है,

खेल कूद करने वाला तो बच्चा होता है "।

किस की सुने ?

दिल कहता है–

" किसने कहाँ खेलने कूदने वाला बच्चा होता है,

वो दुनिया जीत सकता है अगर उसका इरादा सच्चा होता है।

खेल कूद सही मामले में बेकार नहीं है,

बस ये आज के लोगों को स्वीकार नहीं है।

खेल–कूद को दुत्कारते है जो वो खुद खेल नहीं सकते,

चार कदम चलने के बाद वाली थकावट को वो झेल नहीं सकते।

खेल हो या पढ़ाई दोनों ही ज़रूरी है,

किसी एक के बिना भी इंसान की ज़िंदगी अधूरी है " ।

अब बताओ किसकी सुने।

103. महान

दिमाग कहता है–

" आज यहाँ कौन महान है,

और अगर है तो उनका कौन करता सम्मान है।

सिर्फ मशहूर हो इसका ये मतलब नहीं की महान हो,

लोग इज़्ज़त करते है इसका मतलब ये नहीं की उनके दिल मे सम्मान हो

।

इंसान महान दौलत से नहीं बनता,

शान–ओ–शौकत से नहीं बनता।

महान वो है जो दूसरों के लिए सोचे अपना ना देखे,

इसलिए कह रहा हूँ आप महान बनने का सपना ना देखे "।

किस की सुने ?

दिल कहता है–

" जिसके दिल में सबके लिए सम्मान होता है,

वो इंसान महान होता है।

ऐसा इंसान निस्वार्थ होता है,

अच्छाई और सच्चाई का भावार्थ होता है।

जिनको इससे प्यार है वो इनकी इज़्ज़त करते है,

और हँसते–हँसते ये कई लोगों से जिल्लत सहते है।

अगर सबका सम्मान करते हो तो अपने परिवार की शान हो तुम,

अगर खुद से ज़्यादा तुम्हें दूसरे प्यारे है तो महान हो तुम "।

अब बताओ किसकी सुने।

104. ध्यान

दिमाग कहता है–

" जहाँ मिले जैसे मिले ज्ञान लिया करो,

और उसका इस्तमाल करते वक्त ध्यान दिया करो।

जो पहले ध्यान नहीं देते वो जान दे देते है,

और वो आसानी से हर मुसीबत से निपट लेते है जो समय पे ध्यान दे देते है।

हर चीज़ पे नज़र रखा करो,

दोस्त हो या दुश्मन सब की ख़बर रखा करो।

अगर सही बात नहीं जानी तो गलती से अपनी शान दे दोगे,

अगर ध्यान नहीं दिया तो जान दे दोगे "।

किस की सुने ?

दिल कहता है–

" अरे बताओ ज़रा किस–किस चीज़ों पे ध्यान दे,

इतने सस्ते नहीं है हम की सबको सम्मान दे।

ये इच्छा से होता है मजबूरी नहीं है,

हर चीज़ पे ध्यान देना ज़रूरी नहीं है।

ऐसे लोग खुशियों के पल छोड़ देते है,

थोड़ी सी दिक्कत देख कर नाता तोड़ देते है।

इसलिए जो ज़रूरी है उसी का ज्ञान लो,

जो लगे काबिल सिर्फ उसी पे ध्यान दो "।

अब बताओ किसकी सुने।

किस की सुने ?

105. शक्ति

दिमाग कहता है–

" कोई इसे पा के सफल तो कोई बेहाल होता है,

आज के युग मे शक्ति का गलत इस्तेमाल होता है।

जिसके पास दान देने की शक्ति है वो देता नहीं,

और जिसके पास सब कुछ है वो खुश रहता नहीं।

किसी की ज़िंदगी मे मिठास है किसी की नमकीन है,

क्योंकि किसी पे अपार शक्ति है और कोई इसका आधीन है।

शक्ति अगर है तो बस इसका सही इस्तमाल हो,

हे भगवान सबके पास शक्ति अपार हो " ।

किस की सुने ?

दिल कहता है–

" आज किसी के पास शक्ति नहीं है,

जिसके पास है उसके मन में देने की शक्ति नहीं है।

अगर किसी शक्तिशाली के आस–पास लोग लाचार है,

तो उसकी वो शक्ति बेकार है।

शक्ति का इस्तेमाल करो तो भला हो,

सब की खुशियों का सूखा कुआँ भरा हो।

ना मिलती है फरियाद से ना ही भगवान की भक्ति से,

जो खुद पे करे यकीन वो भरा रहता है शक्ति से " ।

अब बताओ किसकी सुने।

106. धीरे

दिमाग कहता है–

" धीरे चलने वालों का काम नहीं होता,

जो धीरे चलते है उनका नाम नहीं होता।

ये समाज की दौड़ में पिछड़े है,

ये आधुनिक पीढ़ी से बिछड़े है।

सब रहते आगे ये सबके बाद में रहते है,

सब साथ में रहते है ये सबके बाद में रहते है।

ऐसे लोगों का हाल बेहाल है,

बाते बड़ी–बड़ी है और कछुए की चाल है " ।

किस की सुने ?

दिल कहता है–

" जल्दी क्यों मची है आराम रखो,

जो टोक दे उसे कहो तुम अपने काम से काम रखो।

धीरे चलना मना है ये कोई फौज नहीं है,

तेज़ चलने में बता दूँ कोई मौज नहीं है।

परेशानी बनता है वो काम जिसमें जल्दी रहती है,

और जल्दी के काम में बड़ी गलती रहती है।

जो तेज़ चल रहा था विजय की उस खरगोश को उम्मीद थी,

पर आपको पता है अंत मे कछुए की जीत थी "।

अब बताओ किसकी सुने।

107. जल्दी

दिमाग कहता है–

“ तेज़ रहो अगर सफलता के शिखर पे चढ़ाई करनी है,

तेज़ बनो अगर दुनिया से लड़ाई करनी है।

ये दुनिया बड़ी ज़ालिम है तुम्हारा हर सपना तोड़ देगी,

तुम वही रह जाओगे और वो तुम्हें पीछे छोड़ देगी।

काम गुस्से से हो या प्यार से हो,

सुकून तभी मिलता है जब रफ्तार से हो।

इसलिए जीतो हर जंग चौड़ में,

हमेशा रफ्तार बनी रहे और आगे बढ़े रहो ज़िन्दगी की दौड़ में ”।

किस की सुने ?

दिल कहता है–

" जल्दी करोगे तो कहाँ जाओगे,

जल्दी करके क्या पाओगे।

बड़ी पीढ़ा में रहोगे अगर जल्दी है,

क्योंकि जहाँ जल्दी है वहाँ कई गलती है।

जल्दी में सबका काम खराब हुआ है,

जल्दी करके कौन नवाब हुआ है।

जल्दी वाला काम सिर्फ नाम का होता है,

असल मे जल्दी का काम तो शैतान का होता है "।

अब बताओ किसकी सुने।

108. शारीरिक संबंध

दिमाग कहता है–

" शारीरिक संबंध आज सबको ज़रूरी सा लगता है,

रिश्ते के नींव मज़बूत करने के लिए मजबूरी सा लगता है।

प्यार दिखाते है हवस की आग से,

और फिर कहते है हमे मोह है प्यार की राख से।

लोग कहते है शारीरिक संबंध ज़रूरी है विश्वास के लिए,

ये सिर्फ ज़रिया है हवस की प्यास के लिए।

आगर शारीरिक संबंध बनाओगे तो भरोसा होगा,

नहीं तो क्या पता कि शायद तुमने मेरा प्यार किसी और थाली में भी परोसा

होगा "।

किस की सुने ?

दिल कहता है–

" शारीरिक संबंध ज़रूरी है ये बेकार की बात है,

शारीरिक संबंध अगर कहे तो बस हवस की सौगात है।

जिनके लिए शारीरिक संबंध ज़रूरी है उनके गलत ही मतलब पता है,

उन्हें सिर्फ अपना मतलब निकालने का करतब पता है।

जो तुमसे जिस्मानी होने के लिए प्यार करते है,

वो बस अंत मे आँसुओं का व्यापार करते है।

इसलिए अपने साथी पे ऐतबार करो,

उसके जिस्म से नहीं उसके रूह से प्यार करो "।

अब बताओ किसकी सुने।

109. खून का रिश्ता

दिमाग कहता है–

" खून का रिश्ता बड़ा अज़ीज़ होता है,

ये संबंधी दिल के काफी करीब होता है।

समाज मे सब इस रिश्ते का सम्मान करते है,

हम भले लड़े या झगड़े करे हम भी इसका मान रखते है।

भरा होता है ये सुकून से,

जो रिश्ता बनता है खून से।

खून का रिश्ता हर चीज़ में काबिल है,

एक कि खुशी के लिए दूसरे की जान हाज़िर है "।

किस की सुने ?

दिल कहता है–

" रिश्ते कई अज़ीज़ होते है जो खून के नहीं होते,

कभी–कभी हमें प्यारे लगते है कभी–कभी वो सुकून के नहीं होते।

वो साथ नहीं रहेगा दुख में तुम्हारे भले वो सगा है,

ये देखना की बुरे समय मे तुम्हारे साथ कौन खड़ा है।

आज दुनिया मे हर रिश्ते का मान है,

आज हर रिश्ते को मिलता सम्मान है।

या रिश्ता सगा हो या सामने वाले पे ऐतबार रहे ,

रिश्ता वही अच्छा हो जिसमें प्यार रहे " ।

अब बताओ किसकी सुने।

110. दान

दिमाग कहता है–

" बेवजह के इंसान को दान मत दो,

जिनको ज़रूरत नहीं उनपे ध्यान मत दो।

यहाँ सब आपके सामने हाथ फैलाएंगे,

आप बताए आप किस किसको दान देते जाएंगे।

वो हमेशा घाटे में रहता है जो दानी है,

वो ये भूल जाता है कि उसको भी खुशिया मनानी है।

जो लायक नहीं उसको दान देना व्यर्थ है,

उसपे एहसान क्यों करना जो काम करने में समर्थ है "।

किस की सुने ?

दिल कहता है–

" ज़रूरत मंद पे ध्यान दो,

अगर दे सकते हो तो दान दो ।

तुम ज़्यादा से ज़्यादा उसको १०० रुपिया दोगे,

देखना ध्यान से तुम उसको खुशिया दोगे ।

दान देना तो पुण्य का काम है,

भले इसका नहीं मिलता कोई इनाम है ।

माँगने वाला क्या पता तुम्हें ज़िन्दगी जीने की नई सुबह देगा,

ज़रा सोचो तुम २ रुपए दोगे वो तुम्हें दुआ देगा " ।

अब बताओ किसकी सुने ।

111. भगवान

दिमाग कहता है–

" जिसको नहीं भरोसा होता है अपने काम पे,

वो बस हर जगह मांगता है भगवान के नाम पे।

भगवान को सबने आज सहारा बना लिया है,

मेहनत से हटने के लिए भगवान के चरणो में किनारा बना लिया है।

भगवान तुम्हारे पास क्यों आएंगे,

तुम कमाल कर जाओ वो ऐसा क्या बताएंगे।

ये मत सोचो कि भगवान साथ है,

अंत में सब कुछ तुम्हारे हाथ में है "।

किस की सुने ?

दिल कहता है–

" भगवान हर जगह मौजूद है,

उनके बिना मेरा क्या वजूद है।

ईश्वर की कृपा से हर काम हो रहा है,

सब वो करत्ते है और मेरा नाम हो रहा है।

बस आपका कभी साथ ना छूटे,

हमारा आपका कभी रिश्ता ना टूटे।

हमारा सब कुछ आप के चरणों में निसार है,

हमें तो आपकी सादगी से प्यार है " ।

अब बताओ किसकी सुने।

112. आस्तिक

दिमाग कहता है–

" जिस इंसान के हर कर्ण में स्वास्तिक है,

वो ही सही मायने में आस्तिक है।

वो दिन भर भगवान की पूजा करता है,

दिन भर ईश्वर को पूजा करता है।

आस्तिक है तो भगवान के साथ है,

उसके सर पे भगवान का हाथ है।

वो पहले भगवान का नाम लेता है बाद में कुछ परोसा करता है,

और उनके इन्हीं कर्मों से पता चलता है कि वो भगवान पे भरोसा करता है "।

किस की सुने ?

दिल कहता है–

" आस्तिक वो है जो सब कुछ जान के करे,

हर चीज़ को बारीकी से पहचान के करे।

भगवान का दीवाना आस्तिक नहीं होता,

उसके हर अनमोल चीज़ पे स्वास्तिक नहीं होता।

वो समझदार है चरित्र से गंदा नहीं है,

क्योंकि वो सब देख के करता है और अंधा नहीं है।

अगर अपनी हरकतों की वजह से दुनिया के लिए तुम मानसिक हो,

तो तुम सही मायने में आस्तिक हो " ।

अब बताओ किसकी सुने।

113. विद्यालय का जीवन

दिमाग कहता है–

" ये जीवन का वो पहलू है जहाँ बड़ी पीढ़ा है,

अब जहा देखो सबके दिमाग में पढ़ाई का कीड़ा है।

सिर्फ किताबों में ही सब लगे रहते है,

एक ही जगह पे पड़े रहते है।

ये ज़िन्दगी इनको झटके रोज़ देती है,

इनके हिसाब से ये इन्हें भोज देती है।

दिन भर रात भर सिर्फ पढ़ाई करो,

और सबके उम्मीदों के पहाड़ पे चढ़ाई करो " ।

किस की सुने ?

दिल कहता है–

" विद्यालय का जीवन बड़ा खास होता है,

इसका हर लम्हा दिल के बड़े पास होता है।

अकेले नहीं रहते सब साथ चलते है,

हर पल उन दिनों के हमे जीवन के अंत तक याद रहते है।

यहाँ पे हमने ऐतबार करना सीखा है,

नफरत का अर्थ भी यही से पता चला और यही पे प्यार करना सीखा है।

बड़े मजे में सब चढ़ लिए वो पर्वत हिमालय का,

बड़ा मजा था वो जीवन का हर किस्सा विद्यालय का "।

अब बताओ किसकी सुने।

114. कॉलेज का जीवन

दिमाग कहता है–

" यहाँ जीवन में आराम होता है,

यहाँ पढ़ना सिर्फ नाम का होता है।

यहाँ सिर्फ वही करते है सब जिसमे मस्ती हो,

हर चीज़ का शौक होता है लोगों को यहाँ फिर वो चाहे मीठी हो या सस्ती हो।

जीवन का एक हिस्सा यहाँ बिताया जाता है,

सही मायने में दोस्ताना यहाँ निभाया ज़ाता है।

यहाँ सब लोग चिंता भूल जाते है,

यहाँ सब मस्ती में झूल जाते है "।

किस की सुने ?

दिल कहता है–

" यहाँ जीवन की असल परीक्षा होती है,

यही पे जीवन की असली शिक्षा होती है।

ये मत सोचना की अब भी बच्चे हो,

ये भी जान लो यहाँ कोई अच्छा नहीं होता।

पढ़ाई के अलावा भी यहाँ अलग ज्ञान मिलता है,

पढ़ाई के अलावा भी यहाँ पे कई चीज़ों पे ध्यान लगता है।

ये पता रहता है कि पढ़ने के लिए बस अब कुछ साल है,

पर यहाँ खेल नहीं होता ये जीवन का पहला मायाजाल है " ।

अब बताओ किसकी सुने।

115. नकली

दिमाग कहता है–

" नकली चीज़ कभी–कभी अच्छी होती है,

क्योंकि ये असली से सस्ती होती है।

नक़ली तो आज इंसान भी है,

बाहर से खुश भी है अंदर से परेशान भी है।

कहते कुछ और है चाहते कुछ और है,

सुनते कुछ और है बताते कुछ और है।

कहीं–कहीं पे सबसे गलती हो जाती है,

जब मुस्कान किसी की नकली हो जाती है "।

किस की सुने ?

दिल कहता है–

" नकली पे ऐतबार ना करो,

अगर कुछ नकली है तो उससे प्यार ना करो।

ये बस एक धोका है,

ज़्यादा टिकेगा नहीं ये बस एक हवा का झोंका है।

समाज में ये ज़्यादा है,

क्योंकि लोगों का बस इसी में फायदा है।

ये लेने वाले वैसे तो आबाद है,

पर जो ले नकली समझ लो वो बर्बाद है " ।

अब बताओ किसकी सुने।

116. असली

दिमाग कहता है–

" असली है जो उसमे बड़ा पंगा है,

क्योंकि कम है बहुत ये इसलिए इसके लिए हर जगह होता दंगा है।

असली चीज़ मिलना आसान नहीं है,

असली चीज़े महंगी है इसलिए इसमें ज़्यादा लोगों का ध्यान नहीं है।

असली इंसान की आज कोई कद्र नहीं करता,

ऐसे इंसान की कोई फिक्र नहीं करता।

वो बेकार है जो नकली है,

इज़्ज़त उसी की है जो असली है "।

किस की सुने ?

दिल कहता है–

“ असली चीज़ सबसे अच्छी है,

हर बात इसकी पूरी सच्ची है।

वो बात अलग है कि ये महंगा होता है,

पर जिस इंसान में असलियत हो वो उसके लिए गहना होता है।

असली से सबको प्यार होता है,

नकली आभूषण का व्यापार होता है।

जो है असली वो बेवजह खनकता नहीं है,

और जो नकली है वो चाह कर भी चमकता नहीं है ” ।

अब बताओ किसकी सुने।

117. जाने दो

दिमाग कहता है–

" अगर कोई कुछ गलत करे तो उसे जाने मत दो,

जो तुमसे दगा करे उसे अपना घर बसाने मत दो।

वो जिसने तुम्हें दुखी किया वो खुश रहने के काबिल नहीं है,

उसने सुख में तुम्हारा फायदा उठाया और देखो वो आज दुख में शामिल नहीं है।

ऐसे लोग किसी के सगे नहीं होते,

ऐसे लोग किसी के साथ दुख में खड़े नहीं होते।

अगर कुछ ना कर पाओ उसे मार दो,

जो उससे अच्छा मिले उसे अपना प्यार दो "।

किस की सुने ?

दिल कहता है–

" जो हुआ सो हुआ अब जाने दो,

उसे कई दूर अपना घर बसाने दो ।

हो सकता है कि वो अलग हो,

ये भी हो सकता है कि शायद तुम गलत हो ।

इसलिए अब बेवजह कुछ करो मत,

किसी के लिए बेवजह मरो मत ।

जाने वाले को रोका नहीं जाता,

जिसको क़दर नहीं तुम्हारी उनको कभी किसी काम के लिए टोको मत "

।

अब बताओ किसकी सुने ।

118. दुनिया

दिमाग कहता है–

" ये दुनिया बड़ी अजीब है,

कोई अमीर है कोई गरीब है।

कोई बस घर बैठे कुछ भी सोच रहे है,

और कुछ खाली घर पे बैठ कर किस्मत को कोस रहे है।

कुछ लोग एक ही जगह पे पड़े हुए है,

कुछ लोग गलत राह पे चले हुए है।

पराये तो अलग आज यहाँ अपनो पे ऐतबार नहीं है,

किसी और का क्या कहे आज लोगों को खुद से भी प्यार नहीं है "।

किस की सुने ?

दिल कहता है–

" कही पे दुख है तो कही पे खुशिया है ,

कुछ इस तरह की आज की दुनिया है।

कोई अपनी हर खुशी को खुशी से बांट रहा है,

कोई अपनी ज़िन्दगी के आखरी पल काट रहा है।

कुछ लोग दिल खोल के हँसते है,

कुछ लोग बस अपने ही जाल में फँसते है।

पर कहो ना कहो दुनिया बहुत बड़ी है,

कुछ के लिए ये खिले हुए फूल की तरह कुछ के लिए सड़ी है "।

अब बताओ किसकी सुने।

119. लोग क्या कहेंगे

दिमाग कहता है–

" ये ज़रूरी है कि लोग क्या कहेंगे,

क्योंकि हम भी इंसान है आखिर कितना सहेंगे।

समाज की हमेशा हम पर नज़र रहती है,

हमेशा समाज को हमारी हर बात की ख़बर रहती है।

हम वही करते है जो लोग चाहते है,

उसके चलते हम खुद कुछ नहीं कर पाते है।

समाज के नीचे हम दबे हुए है,

उनकी इच्छाए पूरी करने में लगे हुए है " ।

किस की सुने ?

दिल कहता है–

" क्या फर्क पड़ता है कि लोग क्या कहेंगे,

मुझे बताओ जितना तुमने सहा क्या वो सहेंगे।

ये सब बस बोलते रहते है ये इनका काम है,

और समाज में इनका इसी काम के लिए बड़ा नाम है।

मत चलो कोई इनके सोच के पीछे,

ना दबा करो इनके अंगूठे के नीचे।

जब तुम्हारे दुख में रहने से इनको कोई फर्क नहीं पड़ता,

तो जो करना है करो कोई फर्क नहीं पड़ता "।

अब बताओ किसकी सुने।

120. आँसू

दिमाग कहता है–

" आँसू क्यों बहाते हो,

ये करके आखिर तुम क्या पाते हो।

हर बात पे जो तुम मुकरते हो तो चोर हो तुम,

हर बात आँसू पे आकर रुकती है तो कमज़ोर हो तुम।

तुम्हें समाज से लड़ना नहीं आता,

पैर है पर आगे बढ़ना नहीं आता।

तकिया गीला करके रात में सोया मत करो,

हर बात पे रोया मत करो "।

किस की सुने ?

दिल कहता है–

" आँसू बहाने वाला कमज़ोर नहीं है,

बस उसका अपने जज़्बातों पे ज़ोर नहीं है।

कभी भी अपने हालातों को छुपाया मत करो,

अपने अंदर रख के अपना ही दिल दुखाया मत करो।

रोने से मन हल्का होता है,

वो किस्सा भी याद नहीं रहता जो कल का होता है।

इसलिए कभी–कभी रो लिया करो,

मन के मैल को धो लिया करो "।

अब बताओ किसकी सुने।

121. डर लगता है

दिमाग कहता है–

" क्या तुम छोटे हो जो अब भी डर लगता है,

क्या लगता है तुम पे कोई भूत नज़र रखता है।

अगर ऐसा है तो अब बड़े हो जाओ,

डर के नीचे दबो मत अपने हिम्मत के पैरों पे खड़े हो जाओ।

डरने वालो की कोई शान नहीं होती ,

इनकी हरकतों से ऐसा लगता है कि इन में जान नहीं होती।

ये बस अपने ही सपनों में फँसते है,

इन्हें डर लगता है और लोग हँसते है "।

किस की सुने ?

दिल कहता है–

" डरना कोई बुरी बात नहीं है,

तुम समाज में जी ना पाओ ऐसे इसके हालात नहीं है।

अगर डर लगता है तो बता दिया करो,

खुद को कुछ पल के लिए मजबूत बना लिया करो।

आखिर डर भी हमारा हिस्सा है,

हम भूल नहीं या रहे है शायद कोई ऐसा किस्सा है।

डरते हो इसका मतलब तुम कमज़ोर नहीं हो,

अपने जज़्बातों को दबा कर खुद से झूठ बोलने वाले चोर नहीं हो "।

अब बताओ किसकी सुने।

122. सहनशीलता

दिमाग कहता है–

" ऐसे लोग भी अब इस दुनिया में रहते है,

जो मुस्कुराते हुए हर दर्द सहते है।

जो दुख हो दुनिया का ये सहन कर लेंगे,

सारी ज़िल्लत और आफत ये ग्रहण कर लेंगे।

जिनको इस दुनिया में ख़ुशी से रहना पड़ता है,

उनको हर दर्द सहना पड़ता है।

इस कठोर दुनिया में हमें ऐसे ही रहना होगा,

ये दर्द देंगे हमे मुस्कुराते हुए सहना होगा "।

किस की सुने ?

दिल कहता है–

" दर्द को सह लेते हो,

और फिर ऐसे वातावरण में रह लेते हो।

किसने कहा दर्द सहना ज़रूरी है,

ये ज़माना दर्द देता है हमे क्योंकि इसकी हसरतें अधूरी है।

ये ज़माना जो दर्द दे रहा वो कमज़ोर है,

और जो बिना कुछ कहे ये दर्द सह रहा वो चोर है।

कुछ सहने की भी कभी किसी को लत होती है,

पर ये बात भी जान लो कि सहनशीलता की भी हद होती है "।

अब बताओ किसकी सुने।

किस की सुने ?

123. सभ्य

दिमाग कहता है–

" सभ्य समाज बस सपने में आता है,

आज ऐसा वातावरण कौन पाता है।

सब मतलबी है और अपने में लगे है,

कुछ दिन भर सोते है कुछ रातों में जगे है।

सभ्य समाज पता नहीं कैसा होता है,

आम आदमी कहता है ये सपने जैसा होता है।

आज के समाज मे जब पीढ़ा में हो तो कोई अपना भी नहीं आता,

ऐसे समाज का इस लिए सपना भी नहीं आता "।

किस की सुने ?

दिल कहता है–

“ आज हर कोई सभ्य समाज मे जीना चाहता है,

मिल बाट के खाना चाहता है एक ही पानी पीना चाहता है।

समाज में भेद–भाव ना हो,

किसी को किसी भी चीज़ का अभाव ना हो।

दुख का साया ना रहे हर जगह खुशिया हो,

सब मनाते है ऐसी भी के दुनिया हो।

सभ्य समाज की तो बस एक ही खास बात है,

कोई अलग नहीं है सब साथ है ”।

अब बताओ किसकी सुने।

124. तोहफ़ा

दिमाग कहता है–

" आज कुछ इस तरह पता चलता है कि कौन दूसरा कौन हमारा है,

वो ज़्यादा न्यारा है जिसका तोहफ़ा बड़ा प्यारा है।

आज लोग तोहफ़े को तोला करते है,

जिसका कीमती होता है बस उससे ही बोला करते है।

जब तोहफ़ा मिलता है सब खुशी से झूल जाते है,

पर कुछ ही क्षणों में उस तोहफ़े को हम भूल जाते है।

तोहफ़ा उसको वैसा मिलता है आज जिसका जैसा नसीब है,

इसी से पता चल जाता है कौन अमीर कौन गरीब है "।

किस की सुने ?

दिल कहता है–

" तोहफ़ा बड़ा अज़ीज़ होता है,

किसी के लिए प्यार है किसी के लिए ये महज़ एक चीज़ होता है।

तोहफ़ा मोल से नही प्यार से बना होता है,

ये वो देता है जो खुशी और गम में तुम्हारें साथ होता है।

ये तोहफ़ा आप पर प्यार की बरसात है,

हर सौगात में अपनी ही कुछ बात है।

कुछ सौगात दिल के पास है,

कुछ तोहफे में छुपा देने वाले का एहसास है " ।

अब बताओ किसकी सुने।

125. शैतान

दिमाग कहता है–

" भले वो चोर है या काबिल है,

आज सबके अंदर एक शैतान हाज़िर है।

इसी की वजह से आज सब लड़ते है,

और अपनी इच्छाओं को पूरा करते है।

अगर अंदर शैतान ना हो तो सब मर जाते,

अपने दिल की बात बयां करने से डर जाते।

इस बड़ी सी दुनिया मे शैतान एक परिंदा है,

और इसी के वजह से हर आदमी ज़िंदा है "।

किस की सुने ?

दिल कहता है–

" शैतान का साथ ना दो,

इसको अपना हाथ ना दो।

रोशनी दिखेगी इसके सहारे जीने की पर सवेरा नहीं आएगा,

और अंत में देख लेना अंधेरा ही छाएगा।

शैतान भले काम आए आखिर वो बुरा है,

वो सिर्फ गलत सोचता है और खुशियों से जुदा है।

इसलिए दूर रहो शैतान से,

वरना हाथ धोना पड़ेगा जान से "।

अब बताओ किसकी सुने।

126. फरिश्ता

दिमाग कहता है–

" ये बरसता नहीं गरजता है,

पता नहीं ये कैसा फरिश्ता है।

जो इसके साथ हुआ वो आज नुकसान में है,

इसके विरोध में जाने वाला आज बड़े मकान में है।

ये कहता है कि अच्छे काम मे अच्छाई है,

पर आज अच्छे काम का मोल नहीं है और यही सच्चाई है।

अगर अपना दिमाग लगाओगे फरिश्तों में,

तब फिर तुम खुशिया पाओगे पर किश्तों में "।

किस की सुने ?

दिल कहता है–

“ इसको वही इंसान देखेगा जो सच्चा होगा,

ये उसी का साथी बनेगा जो अच्छा होगा।

पता है कि इसकी राह पे चलने से फायदा नहीं होता,

पर इससे जो सुकून मिलता है उसका कोई दायरा नहीं होता।

सही समय पे फरिश्ते को पहचान लो,

सही गलत क्या है जान लो।

ये भले हमेशा शैतान के बाद रहेगा,

पर ये भी सच है कि ये हर वक़्त तुम्हारे साथ रहेगा ” ।

अब बताओ किसकी सुने।

किस की सुने ?

127. क्रोध

दिमाग कहता है–

" ये हमेशा शरीर के साथ रहता है,

ये सहनशीलता की हद के बाद रहता है।

आज गुस्सा किसको नहीं आता है,

पर क्रोध करके आखिर किसी का क्या जाता है।

कोई हमेशा अपने गुस्से की वजह से तंग रहता है,

ऐसा इंसान सिर्फ अपनी ही धुन में मलंग रहता है।

ऐसे बन्दे के लिए क्रोध पहले प्यार बाद में है,

ऐसे लोगों का गुस्सा रहता उनकी नाक पे है "।

किस की सुने ?

दिल कहता है–

" क्रोध करने से कुछ मिलता है क्या,

गुस्सा किसी फूल पे खिलता है क्या।

क्रोध आदमी का संतुलन बिगड़ जाता है,

और फिर क्रोध उसके कंधे पे रहता है वो जिधर जाता है।

क्रोध की आग में ना जलो,

अपने गुस्से से ना डरो।

अपना क्रोध संभाल के रखो,

उसको पिंजरे में पाल के रखो "।

अब बताओ किसकी सुने।

128. खेल भावना

दिमाग कहता है–

“ खेल भावना असल मे हार है,

जिसने इसे अपनाया वो खेल से बाहर है।

अपने से पहले दूसरों का सोचने लगते है,

मौका पा के महान बनने का मौका खोजते रहते है।

खेल भावना में सिर्फ हार और जीत होती है,

और वो खेल भावना को ध्यान नहीं देते जिन्हें जीत से प्रीत होती है।

खेल भावना अगर अपनाओगे,

तो जान लो हमेशा घाटे में जाओगे ” ।

किस की सुने ?

दिल कहता है–

" खेल में खेल भावना ज़रूरी सी है,

इसके बिना हर प्रतियोगिता अधूरी सी है।

ये खेल का हिस्सा होता है,

जो बाद में उदहारण का किस्सा होता है।

जीतो शान से पर हारने वाले का अपमान मत करो,

और जो बेईमानी से जीते उसका सम्मान मत करो।

खेल भावना सिर्फ अच्छे लोगों में होती है,

मन के साफ और दिल के सच्चे लोगों में होती है "।

अब बताओ किसकी सुने।

129. रुकावट

दिमाग कहता है–

" रुकावट जीवन का भाग है,

हमारे सपनों पे राख है।

ये हमे परेशान करने के लिए टोक देते है,

कभी तो ये आसानी से हमें रोक लेते है।

सपनों के पहाड़ पे कई रुकावट है,

समाज के इरादों में बड़ी मिलावट है।

रुकावट पे ज़रा ध्यान से रहो,

सपनों के लिए ज़रा ध्यान से चलो " ।

किस की सुने ?

दिल कहता है–

" रुकावट पे रुक ना जाना,

मुश्किलों के सामने झुक ना जाना।

ये ज़िन्दगी के हर मोड़ पे आती रहेगी,

ये बेवजह तुम्हें सताती रहेंगी।

रुकावट जब दिखे जाकर उससे लड़ लेना,

कदम उठाना और पर करके आगे बढ़ लेना।

चलते जाना सफलता की राह पे कभी रुकना नहीं,

सर कटा लेना पर किसी के सामने झुकना नहीं "।

अब बताओ किसकी सुने।

130. बाल

दिमाग कहता है–

“ सर का ताज है मुखड़े की शान है,

बालो से होती आज सबकी पहचान है।

कुछ लोगों के खड़े कुछ लोगों के बैठे हुए है,

कुछ लोगों के लंबे है कुछ लोगों ने ऐंठे हुए है।

ये हर महीने कटते है,

जब ये चेहरे के आगे आकर लटकते है।

बाल अपने सबको प्यारे है,

जब तक ये रहते काले है ” ।

किस की सुने ?

दिल कहता है–

" बचपन से बुढ़ापे तक आते ये अपना ढंग बदल लेते है,

अंदाज़ बदल लेते है रंग बदल लेते है।

बाल पे जब रंग का इस्तमाल होता है,

तब सबको यहाँ बुढ़ापे का एहसास होता है।

बाल जिसके ना आए उसका अच्छा नसीब नहीं है,

वो कुदरत के नियम की तरह है और उगाने की कोई तरकीब नहीं है।

इसलिए खुल के जिओ अभी कई साल है,

मौज उड़ाओ मज़े में जब तक सर पे बाल है "।

अब बताओ किसकी सुने।

131. आँखें

दिमाग कहता है–

" आज हथियार से नहीं लोग आँखों से वार करते है,

खंजर बने काजल दिल का शिकार करते है।

आँखे आज बड़ी खतरनाक है,

उसकी आँखों से बच के रहो जिसके पास हुस्न है और जो चालाक है।

आँखों को देख कर आखिर हम क्या पाते है,

प्यार में गिर जाते है और उसकी आँखों मे डूब जाते है।

कुछ लोगों के लिए आँखे प्यार के लिए है,

कुछ लोगों के लिए आँसुओं के व्यापार के लिए है "।

किस की सुने ?

दिल कहता है–

" आँखें सबके पास होती है,

ये इश्क का एहसास होती है।

दो प्रेमी इसी से मुलाकात करते है,

बोलना नहीं पड़ता आँखों से बात करते है।

जब इनसे आँसू झलका होता है,

तब दिल मे ख़्याल किसी बुरे कल का होता है।

आँखे अंदर की बात बता दे,

जो दिखे भी ना वो जज़्बात बता दे "।

अब बताओ किसकी सुने।

किस की सुने ?

132. बादल

दिमाग कहता है–

“ ये आसमान का साथी है,

सब किसी की पकड़ में है इसको मिली आज़ादी है।

ये बस दिन भर घूमता रहता है,

रंग बदल–बदल कर झूमता रहता है।

गरजते है ये जब क्रोध होता है,

और कभी–कभी आते नहीं है जब आसमान में किसी का विरोध होता है

।

मौसम का हाल बता देते है,

चाँद को अपने आँचल में छुपा लेते है ”।

किस की सुने ?

दिल कहता है–

" ये धरती के हालातों का बना है,

ये जज़्बातों से भरा है।

जब इसका मन भारी होता है,

तब ये धरती पर जम के रोता है।

इसकी ज़िन्दगी छोटी होती है,

पर इसकी किस्मत भी खोटी होती है।

बेवजह इसको गर्जना होता है,

भले आसमान का साथी हो अंत मे बरसना होता है " ।

अब बताओ किसकी सुने।

133. ब्रांड

दिमाग कहता है–

" आज सबको मज़ा आता ब्रांड में है,

क्योंकि ये हमेशा रहता डिमांड में है।

ये कभी भी सस्ता नहीं होता,

इसको आसानी से पा लेने का रस्ता नहीं होता।

ये सबको प्यारा लगता है,

ये जब दुकानों पे सजा होता है तो वो बड़ा हसीन नज़ारा लगता है।

ये जितना महँगा हो जाए इसकी हमेशा खरीद है,

क्योंकि समाज मे इसके भरे पड़े मुरीद है "।

किस की सुने ?

दिल कहता है–

" पता नहीं लोग क्या चाहते है,

ब्रांड की चीज़ देख कर पता नहीं क्यों खुश हो जाते है।

ये लोग बस हमें पागल बनाते है,

इन पर पैसों की बारिश करने वाले बादल हम बन जाते है।

चीज़ महंगी हो या सस्ती कोई फिक्र नहीं करता,

अगर तुम्हारी समाज मे इज़्ज़त है तो इन सबका कोई जिक्र नहीं करता।

किसी फकीर को अमीर बना दे इसमें कोई जान नहीं होती,

ब्रांड बस एक नाम का है इससे किसी की पहचान नहीं होती " ।

अब बताओ किसकी सुने।

134. गर्जना

दिमाग कहता है–

" जब बादल गरजते है तो डर लगता है,

उस समय सबसे सुरक्षित जगह सब को अपना घर लगता है।

गरजने वालो से सब दूर रहते है,

डर के मारे ऐसे लोगों से सब चूर रहते है।

इनके कोई सामने नहीं आता,

क्योंकि कोई भी इंसान इनको नहीं भाता।

इसलिए किसी को बेवजह बदनाम मत करो,

कोई गरजे तुम पर ऐसा काम मत करो "।

किस की सुने ?

दिल कहता है–

" अगर गरजा तो गरजा कोई फर्क नहीं पड़ता,

अगर खुद पे है गुमान कोई इससे नहीं डरता।

अगर गरजते हो इसका ये मतलब नहीं की बलवान हो,

सिर्फ अपने जज़्बात काबू में नहीं रख पाते हो और नादान हो।

अगर गरजे कोई तो उससे डरो मत,

ऐसे लोगों पे दया खाओ उससे लड़ो मत।

क्योंकि जो समझदार होते है वो गरजते नहीं है,

और जो गरजते है वो बरसते नहीं है "।

अब बताओ किसकी सुने।

135. संत

दिमाग कहता है–

" जो समाज की मोह माया छोड़ संत हो गया,

उसके तो जीवन का अंत हो गया।

अब वो जो भी करेगा उसमे कोई मज़ा नहीं है,

सब ऊपर वाले पे छोड़ देगा वो अब उसकी कोई रज़ा नहीं है।

खुशी दुख सब इनके लिए एक समान है,

और लोग ऐसे लोगों को कहते महान है।

संत बस भगवान का ध्यान करते है,

और तब तक करते है जब तक शरीर में जान रखते है "।

किस की सुने ?

दिल कहता है–

“ संत बनना आसान नहीं है,

वो पहाड़ो पे रहते है उनके पास कोई मकान नहीं है।

संत बस ईश्वर के मुरीद है,

इनको ईश्वर से प्रीत है।

जो मोह माया छोड़ बना संत है,

उसके पास ज्ञान अनंत है।

लोग तो अपनो की मदद के लिए भाग लेते है,

ये तो दूसरों के लिए अपना शरीर त्याग देते है ” ।

अब बताओ किसकी सुने।

136. अस्थाई

दिमाग कहता है–

“ वो चीज़ सही है जो है कुछ पल के लिए,

क्या पता वो हानिकारक निकले कल के लिए।

पल भर में उसके मज़े ले लो,

जब तक रहे अच्छे से ले लो।

आखिर अस्थाई ये दुनिया है,

कभी गम है कभी खुशिया है।

इसलिए अगर कुछ अस्थायी हो,

हो सकता है ईश्वर ने वो चीज़ कुछ सोच समझ कर बनाई हो ” ।

किस की सुने ?

दिल कहता है–

" जो रहे कुछ पल के लिए उसका क्या फायदा,

कुछ पल के तरीकों का आखिर क्या कायदा।

ये आज है कल नहीं होगा,

कम समय में तो कुछ भी अमल नहीं होगा।

इस पे बताओ ऐतबार कैसे करे,

अस्थाई चीज़ों से प्यार कैसे करे।

ये मत कहो कि कुछ पल की बात है,

ऐसी चीज़ों का क्या फायदा जो कुछ पल के लिए साथ है "।

अब बताओ किसकी सुने।

137. स्थाई

दिमाग कहता है–

" वो चीज़ अच्छी नहीं जो स्थाई हो,

क्या पता वो बस दुख के लिए बनाई हो।

वो चीज़ का क्या करे जो सदा रहेगी,

हमारे किसी काम की नहीं है वो चीज़ जो हमे पता रहेगी।

जो हमेशा रहे उसकी कोई कद्र नहीं करता,

पता है कि हमेशा रहेगी इसलिए इसकी कोई खबर नहीं रखता।

जो चीज़ हमेशा रहे वो क्या पाती है,

आखिर अंत मे आकर उसकी कीमत घट जाती है "।

किस की सुने ?

दिल कहता है–

" जो चीज़ हमेशा रहे वो सबसे सही है,

ये बात हर इंसान ने कही है।

हर समय हर वक़्त उसका साथ रहता है,

हमें बचाने के लिए हमेशा उसका हाथ रहता है।

वो सुख में भी है वो दुख में भी है,

उसका एहसास हवा के रुख में भी है।

हमेशा ऐसी चीज़ों का एहसास रहता है,

क्योंकि ये साथी की तरह हमेशा हमारे पास रहता है " ।

अब बताओ किसकी सुने।

किस की सुने ?

138. आवश्यक

दिमाग कहता है–

" कुछ चीज़ें ज़रूरी होती है,

हमारी ज़िंदगी उसके बिना अधूरी होती है।

किसी को बंगला किसी को घर चाहिए होता है,

किसी को बस बहुत सारा सब्र चाहिए होता है।

उसके होने से मिलती राहत की सांस है,

उसका होना आपके लिए जैसे अलग ही एहसास है।

वो चीज़ करीब है जो आवश्यक है,

वरना ज़रूरत पे इसकी मिलती दस्तक है " ।

किस की सुने ?

दिल कहता है–

" क्या आवश्यक है तुम्हारे लिए इसका ज्ञान रखो,

पर लेते समय एक बात का ध्यान रखो।

वो चीज़ हमेशा ज़रूरी नहीं होती जो हम चाहते है,

क्योंकि कभी–कभी हम उससे कुछ भी ना पाते है।

इच्छा और आवश्यकता में फर्क होता है,

दोनों को एक कहना गलत होता है।

जिस चीज़ की इच्छा करो वो हमेशा हासिल नहीं होती ,

और अगर वो आवश्यक नहीं है तो वो खरीदने के काबिल नहीं होती "

।

अब बताओ किसकी सुने।

किस की सुने ?

139. शराब

दिमाग कहता है–

" सब पीते है पर ये खराब है,

किसी के लिए शबाब है किसी के लिए शराब है।

इसको पीने से सेहत बिगड़ जाती है,

और इसकी आदत लग जाए तो ज़िन्दगी बिगड़ जाती है।

पता नहीं लोग इसे क्यों पीते है,

अपने होंठों को शराब के बोतल से क्यों सीते है।

ये बस पैसे की बर्बादी है,

और आप को लगता है ये आज़ादी है " ।

किस की सुने ?

दिल कहता है–

“ ये पीने वाले को कुछ हासिल है क्या,

ये पीने वाला काबिल है क्या।

सब ऐसे इंसान का साथ छोड़ जाते है,

सब इससे अपना नाता तोड़ जाते है।

अगर तुम गम भुलाने के लिए शराब पीते हो,

इसका मतलब यही है कि खुद के लिए जीते हो।

जो शराब पीते है वो मुँह छुपा के घर जाते है,

अंत मे जब कोई साथ नहीं रहता वो मर जाते है ”।

अब बताओ किसकी सुने।

140. राजा

दिमाग कहता है–

" सपना ये रहे कि दुनिया पे राज करो,

जहाँ जाओ वहाँ के सरताज बनो।

राजा का हर जगह सम्मान है,

सर पे ताज ही इसकी पहचान है।

राजा से सब डरते है,

इसके हिसाब से सब चलते है।

भले उसका दिल मुलायम रहता है,

पर प्रजा में उसका खौफ हमेशा कायम रहता है "।

किस की सुने ?

दिल कहता है–

" सब पे नहीं सिर्फ अपनी ज़िंदगी पे राज करो,

अपने हुनर और अपनी ताकत का एहसास करो।

अपनी ज़िंदगी अपने हिसाब से जिओ,

खुली आँखों के ख़्वाब से जिओ।

जहाँ रहो किसी से डरो मत,

किसी के टुकड़ों पे पलो मत।

बस ये याद रहे राजा कभी झुकता नहीं है,

चाहे जो आए उसके सामने वो कभी रुकता नहीं है "।

अब बताओ किसकी सुने।

किस की सुने ?

141. तानाशाही

दिमाग कहता है–

" किसी के साथ औदा बाटों मत सिर्फ खुद के सर पे ताज हो,

ज़िन्दगी का मज़ा तब ही आता है जब हर जगह सिर्फ आपका राज हो।

सही रहता है सब कुछ जब सारे फैसले आपके हाथ में हो,

सबसे पहले आप रहे सब आपके बाद में हो।

तानाशाही में अपना ही मज़ा है,

हर काम में ज़रूरी आपकी रज़ा है।

सब सही लगता है जब अपनी मर्ज़ी रहती है,

वरना किसी और की बात तो हमारे लिए फ़र्ज़ी रहती है " ।

किस की सुने ?

दिल कहता है–

“ ये मत सोचो कि सिर्फ तुम्हारा राज होगा,

ये मत सोचो कि सिर्फ तुम्हारे सर पे ताज होगा।

जहाँ पे लोकतंत्र नहीं तानाशाही है,

उस राज्य में सिर्फ होती तबाही है।

तानाशाही तो खैरात में मिलती है,

पर ये ज़िम्मेदारियों के साथ मे मिलती है।

इसलिए वो ज़िन्दगी अच्छी जहाँ सबका हक़ है जहाँ सबकी खुशियाँ है,

सही मायने में तो सही बस ऐसी ही दुनिया है ” ।

अब बताओ किसकी सुने।

142. जलना

दिमाग कहता है–

" जब हम किसी की खुशियों को देख के खल जाते है,

इसका मतलब हम उसको सुख में देख कर जल जाते है।

कभी–कभी जलना अच्छा होता है,

दूसरे की कामयाबी देख खुद संभलना अच्छा होता है।

जलन की भावना बड़े काम आती है,

ये ना चाहते हुए भी आपसे बड़ा काम करवाती है।

जब कोई काम करते हो जलन से,

तब वो काम होता है पूरी लगन है " ।

किस की सुने ?

दिल कहता है–

" अगर किसी से जल के कोई काम किया तो क्या किया,

अगर किसी को देख के काम किया तो क्या किया।

जलन में जो काम हो वो कभी अच्छा नहीं होता,

और किसी से जलने वाला दिल का सच्चा नहीं होता।

किसी से जला मत करो,

किसी और कि कामयाबी देख कर सड़ा मत करो।

करो मेहनत और सब हासिल करो,

किसी से जलन के मारे नहीं खुद के दम पे काबिल बनो "।

अब बताओ किसकी सुने।

143. कमाना

दिमाग कहता है–

" मेहनत करके कमाया तो क्या कमाओगे,

कब खाओगे कब मौज उड़ाओगे।

अपनी खुशियों के लिए अदा अपना हर फ़र्ज़ करो,

जब बहुत है तो दिल खोल के खर्च करो।

पैसे का क्या है आता–जाता रहता है,

इंसान खर्च करता है और कमाता रहता है।

आज दिल खोल के खर्च करो कल आराम से जमा लेना,

आज ज़िन्दगी का लुफ़्त उठाओ कल कमा लेना " ।

किस की सुने ?

दिल कहता है–

“ पैसा उड़ जाता है सबका किसी को दबाना नहीं. आता,

सही तरीके से किसी को कमाना नहीं आता।

कमा रहे हो तो बचाया भी करो,

अगर दिखा रहे हो तो कभी–कभी छुपाया भी करो।

अगर सब उड़ा दोगे तो क्या बचेगा,

अगर सब चला जाएगा तो खर्च करने के लिए क्या रहेगा।

इसलिए हर इंसान से दान नहीं होता,

क्योंकि कमाना आसान नहीं होता ”।

अब बताओ किसकी सुने।

144. दरवाज़ा

दिमाग कहता है–

" दरवाज़ों से घर का आगाज़ होता है,

और कही इसके पीछे भी एक राज़ होता है।

जो किस्मत के खोटे होते है,

उनके किस्मत के दरवाजे छोटे होते है।

जिसको सही गलत का ज्ञान है,

वो करता सही दरवाज़े की पहचान है।

कही पे प्यार होता है कही पे धोका होता है,

हर दरवाज़े के पीछे एक मौका होता है "।

किस की सुने ?

दिल कहता है–

" उनकी ज़िंदगी हताष रहती है,

जिन्हें सही दरवाज़े की तलाश रहती है।

दरवाज़े सही या गलत कोई नहीं जानता,

आज के ज़माने में किस्मत को कोई नहीं मानता।

दरवाज़े को खोजो मत खुद अपना दर बनाओ,

किस्मत का दरवाजा ना खोजो मेहनत का घर बनाओ।

जज़्बात खुले दिमाग से सोचो, मत बंद रखो उसे एहसासों में,

अगर दुनिया देखनी है तो बाहर निकलो, मत बंद रहो दरवाज़ों में "।

अब बताओ किसकी सुने।

145. देर

दिमाग कहता है–

" जल्दी करो वरना देर हो जाएगी,

ज़िन्दगी आज प्यारी है कल खेल हो जाएगी।

हमेशा हर वक़्त समय पे रहो,

पराजित ना रहो अजय पे रहो।

क्योंकि देर कर दी अगर तो सब चला जायेगा,

और अगर सब चला गया तो कोई साथ नहीं निभाएगा।

इसलिए देर से शुरू कोई काम नहीं होता,

जो देर से चलते है उनका सम्मान नहीं होता "।

किस की सुने ?

दिल कहता है–

" कोई फायदा नहीं अगर काम कच्चा हो,

भले देर लगे पर काम अच्छा हो।

देर से हो पर सही हो,

जो चाहते हो वही हो।

जल्दी कर लोगे तो क्या फर्क पड़ जायेगा,

कौन सा उसका मोल बढ़ जाएगा।

देर होगी पर काम खराब नहीं होगा,

और जल्दी काम करने से कोई नवाब नहीं होगा " ।

अब बताओ किसकी सुने।

146. समय

दिमाग कहता है–

" समय बड़ा मूल्यवान होता है,

जो ये समझ जाए वो महान होता है।

समय रेत की तरह है फिसल जाएगा,

तुम देखते रहोगे और वो हाथों से निकल जाएगा।

ये सबके साथ रहता है किसी को धोखा नहीं देता,

पर ये एक बार से ज़्यादा मौका नहीं देता।

समय मे काम करना ज़रूरी है,

वरना इच्छाए रह जाती अधूरी है "।

किस की सुने ?

दिल कहता है–

“ समय कम है इसे ज़ाया मत करो,

पर इसके चक्कर मे किसी को पराया मत करो।

सबको अपने हक़ का वक़्त दो,

अपनी नज़रों में सबको एक तख़्त दो।

क्योंकि समय तो बस देखने की बात है,

सुख और दुख झेलने की बात है।

अगर देखोगे ध्यान से तो अब भी कुछ बाकी है,

परेशान ना हो समय अभी काफी है ”।

अब बताओ किसकी सुने।

किस की सुने ?

147. पानी

दिमाग कहता है–

“ ये ज़िन्दगी में सबसे ज़रूरी है,

हर सब्ज़ी इसके बिना अधूरी है।

ये प्रकृति ने हमें दिया है,

और हमने सिर्फ बदले में इसे बर्बाद किया है।

पानी आज हर जगह पाया जाता है,

और इसे बेमतलब बहाया जाता है।

सब सही है अगर जल सुरक्षित है,

क्योंकि तभी हमारा कल सुरक्षित है ” ।

किस की सुने ?

दिल कहता है–

" नल खोल के छोड़ो मत,

पानी से रिश्ता तोड़ो मत।

प्यास बुझा सकता है ये ,

अपनी एहमियत बता सकता है ये।

इसको बेकार ना करो,

या तो इसकी जरूरत समझो या इसे बर्बाद ना करो।

क्योंकि जिस दिन ये खत्म हो जाएगा,

उस दिन कोई अपनी प्यास नहीं बुझा पाएगा " ।

अब बताओ किसकी सुने।

148. दुख

दिमाग कहता है–

“ ये सुख के साथ होता है,

कभी पहले होता है कभी बाद होता है।

इसके आने का कोई इंतज़ार नहीं करता,

दुख से कोई इंसान प्यार नहीं करता।

इसके आलम में हम बस रोते है,

कुछ मिलता नहीं है सब खोते है।

जब इसका साथ हो तो कोई साथ नहीं आता,

इस समय कोई खुशियों की सौगात नहीं लाता ”।

किस की सुने ?

दिल कहना है–

" ये ज़रूरी है इससे दूर ना भाग,

सुख पानी है तो ये है आग।

भले ये हर इंसान के साथ होती है,

पर आखिर में खुशी तो इसके बाद होती है।

ये जिसके पास है,

उसे ही जीवन की कीमत का एहसास है।

रोशनी है खुशी की तो दुख का अंधेरा भी आएगा,

पर ये जान लो रात के बाद सवेरा भी आएगा "।

अब बताओ किसकी सुने।

149. सुख

दिमाग कहता है–

“ ये सबको प्यारा है,

ये सबको गवारा है।

इसकी सब चाह रखते है,

इसकी सब दुआ करते है।

सुख में सब इंसान के साथ रहते है,

दुख में नहीं रहता कोई फिर भले जैसे हालात रहते है।

हर बन्दा चाहता है उसकी ज़िन्दगी सुखी रहे,

सब खुश रहे कोई ना दुखी रहे ”।

किस की सुने ?

दिल कहता है–

" ये एक सिक्के के दो भाग है,

एक पानी है एक आग है।

सुख अच्छा है पर हमेशा रहेगा क्या,

कोई पल भर की तेरी खुशी सहेगा क्या।

आपको सुख में देख सब जलते है,

बाहर से दिखाते नहीं पर अंदर से आँखें भरते है।

एक करता दूसरे को पूरा है,

इसलिए दुख के बिना सुख अधूरा है "।

अब बताओ किसकी सुने।

150. अंत

दिमाग कहता है–

“ इसका सब इंतज़ार करते है,

इसके चक्कर में सब अपना वक़्त बेकार करते है।

अंत किसको अच्छा लगता है,

कुछ अच्छा जब खत्म हो जाए वो किसको अच्छा लगता है।

अंजाम दुख देता है,

आगज़ सुख देता है।

जो सच करना चाहो अगर कैसा लगेगा कि वो भृम हो जाए,

कैसा लगेगा अगर एक दिन सब ख़त्म हो जाए ” ।

किस की सुने ?

दिल कहता है–

" आगज़ है तो अंजाम भी होगा,

क्योंकि इसके बाद और काम भी होगा।

अंत तो ज़रूरी है,

कहानी इसी से होती पूरी है।

कभी अच्छा कभी बुरा होता है,

कभी अंत में लड़ाई होता कभी सुलह होता है।

मेरा दिल नादान है पूरे सफर में ये क्या कहता है,

कभी कुछ दिल कहता है कभी कुछ दिमाग कहता है "।

अब बताओ किसकी सुने।

You can contact the
Publisher at:
www.booksquirrelpublication.com

www.ingramcontent.com/pod-product-compliance
Lightning Source LLC
LaVergne TN
LVHW101359051026
849519LV00005BC/1579
* 9 7 8 9 3 8 9 9 2 3 4 8 3 *